P. DE LHOMMEAU

ET

A. DE LA BIGNE

LA *Bretagne* A TRAVERS LES AGES

Epopée Historique

EN ONZE TABLEAUX

RICHEMONT

DUGUESCLIN

VANNES

Vve LAFOLYE ET FILS, ÉDITEURS

1901

LA BRETAGNE

À TRAVERS LES AGES

P. DE LHOMMEAU

ET

A. DE LA BIGNE

LA Bretagne À TRAVERS LES AGES

Epopée Historique

EN ONZE TABLEAUX

VANNES

Vve LAFOLYE ET FILS, ÉDITEURS

1901

LA

BRETAGNE

A TRAVERS LES AGES

Épopée historique en onze tableaux

PRÉAMBULE

La Bretagne a travers les ages a été composée en vue de représentations théâtrales. Ce travail a un but essentiellement patriotique : exciter le sentiment national en montrant quelques-unes des belles figures que la Bretagne a produites, ces héros chez lesquels la passion de la patrie s'est élevée jusqu'au sublime et qui furent grands comme des montagnes.

Pour atteindre ce but et rendre notre œuvre populaire, nous avons multiplié les moyens :

1° Nous avons mis nos personnages, — des enfants, — sur une scène. dans les costumes du temps et au milieu de décors absolument conformes au style des époques. Pour cela, la main de M. de la Bigne, le dessinateur de l'*Armorial de Bretagne* de Pol Potier de Courcy, s'est chargée d'interpréter nos poèmes : il a dessiné décors et, costumes dressant lui-même les jeunes acteurs et guidant leurs jeux scéniques. Grâce à son talent, chaque tableau est devenu comme une miniature vivante, et les premières représentations ont eu le succès le plus encourageant.

2° Nos scènes ne pouvaient être de simples images, des poses plus ou moins diverses ; nous ne voulions ni faire des drames, ni nous borner à de simples récits ; d'une façon comme de l'autre, nous serions tombé dans le lieu commun et nous cherchions du neuf. — Nous avons imaginé des scènes mouvementées, moitié tableau, moitié action ; nos petits personnages prennent des attitudes scéniques, mobiles et variées ; chaque tableau est accompagné de chants et de récits, qui se débitent en dehors et en avant de la scène, ayant pour but d'expliquer au spectateur l'action historique qui se déroule sous ses yeux.

Les chants sont simples : tour à tour solennels et grandioses, énergiques pour les combats, doux pour la légende ; gais au mariage, tristes à la mort ; et, tout en mariant les voix dans des chœurs choisis, souvent imitatifs, nous avons écarté avec un soin extrême toutes ces combinaisons musicales savantes, où les paroles disparaissent dans le flot des harmonies. Les paroles étant explicatives de l'action héroïque, il fallait qu'elles fussent bien claires pour l'oreille qui les devait entendre.

Nous avons composé quelques-uns de ces chants ; mais plus souvent les mélodies ont été empruntées à des airs populaires afin d'en varier la facture ; et le sympathique auteur des *Deux-Bretagnes*, M. Thielmans, a bien voulu, sur notre prière, composer un beau chant à quatre voix avec orchestre pour l'apothéose finale.

On nous a demandé pourquoi nous ne faisions pas chanter ou parler nos acteurs eux-mêmes. Nos interprètes étant des enfants, nous eussions manqué notre but en rendant le moyen impossible. — Comment trouver des acteurs de cet âge à la hauteur de tels rôles ?..... C'était s'exposer à tomber dans le trivial et le ridicule, deux défauts qu'on n'excuse jamais. D'autre part, comment habiller de grands personnages dans ces costumes de fer, de satin et de velours que nos tableaux exigent ? La dépense eût arrêté la plupart du temps les meilleures volontés, et ce spectacle, que nous voulons rendre populaire, eût été le privilège de quelques théâtres de choix. Au contraire, avec nos moyens si simples, toutes les écoles, tous les cercles et patronages, toutes les réunions de familles peuvent utiliser et reproduire nos scènes ; leur laconisme nous a permis de les multiplier sans élargir le cadre d'une soirée récréative.

En regard de chaque action, de chaque vers, nous avons noté rigoureusement le jeu scénique. Pas d'interprétation fausse du geste laissée à l'enfant, et aussi pas de perte de temps à apprendre par cœur des paroles que nos petits acteurs auraient eu de la peine à comprendre, quand néanmoins chacun d'eux s'imprègne facilement de la pensée héroïque qu'il doit rendre et apprend l'histoire sans devenir un perroquet.

3o Enfin, pour compléter l'œuvre et en faire vraiment une leçon d'histoire et de patriotisme, en tête de chaque tableau a été placé un *Argument*, véritable page d'histoire empruntée aux sources les plus autorisées, et nous sommes heureux d'ajouter que M. de la Borderie, membre de l'Institut, l'auteur de la belle *Histoire de Bretagne* qui vient de paraître, a bien voulu revoir ces arguments. C'est leur donner un certificat d'authenticité, dont nous tenons à lui témoigner ici notre reconnaissance.

Notre exemple mériterait, croyons-nous, d'être imité. Chaque province a son histoire et ses héros, et chanter la petite Patrie, n'est-ce pas glorifier et faire aimer la grande Patrie, LA FRANCE !

Avant de clore ce préambule, il importe de rappeler que notre essai dramatique n'est plus à l'état de théorie : nos tableaux historiques ont subi, comme on dit, l'épreuve de la scène ; ils ont eu plusieurs représentations à l'Orphelinat Salésien de Dinan. Ces représentations ont inauguré, en juin 1896, une magnifique salle de récréation due à l'initiative du zélé directeur de la maison, le Père Ricardi, et les enfants même de l'Orphelinat ont été, avec quelques autres, les acteurs intelligents de notre épopée.

Voici le compte-rendu qu'en a donné un journal de Dinan (*Union Malouine et Dinanaise*, de juin 1896) :

« Le soir du 8 juin 1896, une foule sympathique prenait le chemin de l'Orphelinat pour assister à un spectacle d'un caractère tout particulier : *La Bretagne à travers les âges*. Elle a été magnifique, cette soirée due à M. de la Bigne dont on sait le talent, les goûts artistiques et la science héraldique, et à M. de Lhommeau qui a écrit pour cette épopée historique en onze tableaux de beaux vers, pleins d'un souffle chrétien et patriotique, ainsi qu'une musique parfaitement adaptée à toutes les scènes se déroulant sous les yeux des spectateurs.

« Ces tableaux vivants, accompagnés tantôt d'un récitatif, tantôt de strophes vibrantes, ont produit un grand effet.

« Tous ont été fort applaudis, et lorsqu'au lever du rideau on a vu cette procession de moines précédant saint Brieuc porté en triomphe, les druides et l'apparition de la croix, l'impression a été vive ; de tous côtés s'échappaient des cris d'admiration.

« Puis est venue la chasse du roi Nominoé dans les bois de Léhon : l'assassinat d'Arthur de Bretagne ; une touchante légende de la vie de saint Yves, les Jongleurs de Kermartin ; le combat des Trente, sur la lande de Mi-Voie ; la surprise de Fougeray par Du Guesclin ; le soir de la bataille d'Auray ; l'entrevue de Richemont et de Jeanne d'Arc ; les fiançailles d'Anne de Bretagne et de Charles VIII ; la prise de Dinan par les royalistes ; et enfin une apothéose des héros bretons, dans laquelle figuraient, derrière le tombeau où se trouvait couché Charles de Blois, saint Magloire, saint Brieuc, saint Yves, Beaumanoir, Du Guesclin, Montauban, Richemont, Anne de Bretagne, Jeanne de Penthièvre, Jeanne de Montfort, etc.

« Richesse, bon goût des costumes répondant bien aux époques, beauté des décors, tels, par exemple, que le manoir de Kermartin et la vieille porte du Jerzual, avec son pont-levis ; perfection de la mise en scène ; grands souvenirs de notre histoire bretonne évoqués par la poésie de M. de Lhommeau, tout a contribué à la magnificence d'un spectacle auquel un grand nombre de nos concitoyens ont eu le regret de ne pouvoir assister.

« Remercions de tout cœur l'artiste aimable et généreux qui a organisé cette soirée, choisi les sujets de cette épopée ; et aussi le poète qui a mis son âme pour chanter les tristesses et les triomphes de notre chère Bretagne. » F. B.

Nous citons ces lignes, non pour nous parer des éloges trop flatteurs qu'elles contiennent, mais pour exciter l'émulation de ceux qui voudraient à leur tour représenter nos scènes et contribuer ainsi de plus en plus à exalter le sentiment patriotique et la gloire de notre chère Bretagne.

1er TABLEAU

Miracle de la Vie de saint Brieuc

(VERS L'AN 505)

ARGUMENT

BRIEUC (*Brioc* ou *Briomagle*) était fils de Cerpus et d'Eldruda, tous deux de noble race, mais idolâtres, habitant les régions septentrionales de la Grande-Bretagne. — Il naquit vers l'an 415.

A l'âge de quinze ans, il vit saint Germain d'Auxerre lors de sa mission en Grande-Bretagne et le suivit sur le continent. Ordonné prêtre en 447, il retourna dans son pays natal, convertit son père, sa mère et toute leur tribu. Il y fonda un monastère dit Grande-Lande, qu'il gouverna longtemps. Vers 485, il passa en Armorique avec 160 de ses disciples, débarqua à l'embouchure du Gouët, aujourd'hui le port du Légué, et résolut de s'y fixer pour défricher cette solitude couverte de forêts.

RHIGALL (ou *Rigal*), seigneur breton établi sur cette côte, habitait dans ces forêts, un peu au sud du Gouët, un manoir appelé le *Champ du Rouvre*. Quand il apprit le débarquement de Brieuc et de ses moines, son premier mouvement fut de les expulser du pays. Bientôt il se ravisa et manda Brieuc près de lui. Dès qu'il le vit, il reconnut en lui son cousin, et, charmé de ses vertus, il lui donna son manoir du Champ du Rouvre pour y établir un monastère dont l'église devint plus tard la cathédrale de la ville de Saint-Brieuc. Quant à Rhigall, il se retira dans un autre domaine qu'il possédait à l'est de la rivière d'Urne, appelé Hélion ou Hilion, et il s'établit dans un manoir seigneurial dit la *Cour d'Hélion*, en breton *Lis-Helion*, nom qui désigne encore aujourd'hui l'un des villages de la paroisse d'Hilion.

Vers l'an 505 à 510, Rhigall, avancé en âge et se sentant malade, voulut recevoir le Saint Viatique des mains de saint Brieuc. Il l'envoya prier de le venir voir. Brieuc s'y fit porter : son extrême vieillesse — il avait plus de 90 ans — ne lui permettant pas de voyager autrement. Il était entouré d'une troupe de ses religieux que le suivaient et chantaient avec lui, tout le long du chemin, des psaumes et des hymnes à la louange de Dieu. — On assure que Dieu fit entendre au saint une musique céleste qui répondait à la sienne, et saint Brieuc s'arrêta pour faire planter une croix qui conservât la mémoire de cette faveur.

Le bon vieillard mourut peu de temps après ayant établi dans l'Armorique le Christianisme à la place du culte des Druides.

(Extrait d'Arthur de la Borderie, *Histoire de Bretagne*, I. p. 300 à 306).

ACTE UNIQUE

PERSONNAGES

SAINT BRIEUC. — UN DRUIDE. — LA DRUIDESSE VELLÉDA. —
PLUSIEURS GROUPES DE MOINES.

La scène représente une forêt. A gauche, au premier plan, un dolmen. Saint Brieuc s'avance, assis sur une sédia portée par quatre moines. Il tient dans ses mains la custode sacrée qui renferme le Saint Viatique. Il est dans ses habits pontificaux. Un chœur de moines l'accompagne, quatre en avant, quatre en arrière. Un moine en tête porte une croix ; d'autres ont des bannières.

I. — SAINT BRIEUC.

CHOEUR DES MOINES

Le cortège s'avance par groupes. 1° Quatre moines viennent au 1er plan à droite ; 2° la sédia reste de profil au fond ; 3° quatre autres moines se rangent au fond, à gauche.

Chrétiens, le Maître de la terre
Passe en ces lieux sous un voile abrité.
Il daigne visiter la couche solitaire,
Où le vaillant Rhigall touche à l'éternité.
Chrétiens, le Maître de la terre
Passe en ces lieux sous un voile abrité.

RÉCITATIF

Les groupes sont immobiles, les moines ont les mains jointes.

Regardez, regardez !... Oh ! quel tableau sublime !
Quel spectacle divin au milieu de ces bois !...
Dans les mains d'un vieillard, la céleste Victime,
Jésus, le Dieu d'amour et le Maître des Rois ;

Le ciel qui s'ouvre en des flots de lumière
Inondant la forêt de ses douces clartés ;
Et tous ces moines en prière,
Au pied de ce dolmen un instant arrêtés...

Pour la dernière fois, le vieillard vénérable,
Brieuc, porte le Christ au comte de l'Arvor ;
Et ses moines pieux, dans un chant adorable,
Ont salué Jésus, le vainqueur de la mort.

REPRISE DU CHOEUR DES MOINES

La sédia s'avance de face au 1er plan. Le porte-croix suit en tête.

Chrétiens, le Maître de la terre
Passe en ces lieux sous un voile abrité.
Il daigne visiter la couche solitaire
Où le vaillant Rhigall touche à l'éternité.
Chrétiens, le Maître de la terre
Passe en ces lieux sous un voile abrité.

CHANT DE SAINT BRIEUC

Le groupe s'arrête.

Porteurs, arrêtez !
Moines, écoutez
Les accords touchants
Des célestes chants...
Tous les Séraphins,
En des chœurs divins,
Célèbrent au ciel
L'amour éternel.
Ecoutez ! écoutez !...
. . . .

II. — CHANT CÉLESTE.

CHŒUR DES ANGES

Les moines sont dans l'attitude admirative.

Aux accents des mortels mêlons le chœur des anges,
Pour chanter de Jésus les grandeurs et l'amour.
Doux échos de ces bois redites nos louanges ;
Que la terre et le ciel s'unissent en ce jour.

DUO DES MOINES ET DES ANGES

— Qu'entends-je ? . . — O victime bénie,
— Jésus, — Votre amour est si doux,
— C'est vous, — C'est vous le pain de vie
— Le pain — Que nous adorons tous.
Jésus, c'est vous le pain de vie ;
Le pain divin que nous adorons tous.
C'est vous le pain de vie ;
Le pain que nous adorons tous.

III. — LA CROIX.

RÉCITATIF DE SAINT BRIEUC

Oh ! sublime concert ! oh ! céleste harmonie !
Vous emplissez mon cœur d'une joie infinie.
Et le vieux sol breton doit aussi tressaillir.

Le porte-croix s'avance vers le dolmen. Un druide et Velléda en sortent et le repoussent.

Plantez ici la croix, moine, sur cette pierre ;
Que le Dieu des chrétiens soit le Dieu de la terre
Où le druide a passé pour ne plus revenir.

Saint Brieuc élève la custode suspendue à son cou. Une croix portant un Christ vivant apparaît sur le dolmen. Une lumière électrique l'inonde. Le Christ étend son bras et bénit, et tous les moines tombent à genoux.— Le druide et Velléda restent seuls debout, mais saisis d'admiration.

Que le Dieu de l'hostie et du Saint Viatique
S'empare pour jamais de ma chère Armorique ;
Qu'il règne — et règne seul —, sur ses champs de granits
Et que son bras puissant s'étende sur nos plages ;
Qu'il garde nos maisons, nos mers et nos rivages,
Et que tous les Bretons soient ses enfants bénis !

CHŒUR DES MOINES

Oh ! quel spectacle
S'offre à mes yeux !
Et quel miracle
Vois-je en ces lieux
Le Dieu d'amour[1],
En ce saint jour,
S'élève en croix ;
Entends sa voix,
Noble Armorique,
Voici ton Roi.
Doux Viatique,
Je crois en toi.

Velléda d'abord, puis le druide, au même passage de la reprise, tombent à genoux.

[1] *Reprise à partir de* Le Dieu d'amour.

2e TABLEAU

La Chasse du roi Nominoé — Fondation du Prieuré de Lehon

(850)

ARGUMENT

NOMINOÉ venait de délivrer la Bretagne du joug des Francs. Il avait été couronné à Dol roi de toutes les tribus bretonnes, et il consacrait son repos à la chasse.

Un jour, il mena sa chasse royale dans la vallée de la Rance, autour de Dinan, sur la rive gauche du fleuve couverte de forêts et remplie de fauves de tous poils.

Tout à coup il voit surgir devant lui six fantômes hâves, blêmes, émaciés, vêtus de peaux de chèvres. C'étaient six moines bretons retirés à Lehon pour prier. Ils ne pouvaient rien tirer ni du sol ni des hommes. — Ils se jettent aux pieds de Nominoé et lui demandent un petit canton de terre fertile, pour leur fournir de quoi vivre.

Le roi écoute les moines avec attention et répond : — Avez-vous quelques reliques de saints ? car, si je vous donne de la terre, je veux pouvoir, en mes périls, compter sur vos saints.

Les pauvres solitaires n'en avaient pas.....

— Alors, dit le roi, je vous donnerai de l'argent et non de la terre Si plus tard Dieu vous prend en pitié et vous accorde le corps de quelque saint, venez vers moi ; vous me trouverez prêt à combler d'honneurs et de biens l'église placée sous son patronage.

Le plus avisé des moines fréta une barque et se fit conduire dans l'île de Sark ou Serk (*Sargia*) qui gardait la dépouille de saint Magloire.

Vers 570, Magloire, après avoir succédé à son cousin saint Samson sur le siège épiscopal de Dol, avait quitté son diocèse pour se retirer dans la solitude. Il évangélisa les Bretons de l'archipel anglo-normand, et mourut à Serk où il avait fondé un grand monastère. On y conservait son corps avec un soin jaloux.

Le moine de la Rance n'excita aucune défiance en venant faire ses dévotions auprès du Saint. Il gagna le gardien du tombeau en lui promettant les faveurs de Nominoé, puis il revint chercher de l'aide. Un moine appelé Condan guidait la troupe qui retourna à Serk et parvint à s'emparer du corps de saint Magloire. — Condan seul put soulever la pierre qui couvrait les reliques, et ce miracle encouragea les ravisseurs. Ils partent dans leur barque vers l'Armorique.

Au matin, les moines de Serk voient le tombeau vide ; ils poursuivent les voleurs et vont les prendre. Une tempête les éloigne et les moines de Lehon débarquent sur les bords de la Rance.

Saint Magloire opéra divers miracles et finalement Nominoé accourut, vénéra les reliques du Saint et lui donna de riches domaines.

(Extrait résumé du *Prieuré royal de Lehon*, par l'abbé Fouéré-Macé, p. 1 et suiv.)

ACTE PREMIER

PERSONNAGES.

NOMINOÉ. — SIX MOINES. — PIQUEURS. SONNEURS DE TROMPE. VALETS DE CHIENS.

La scène représente la vallée de la Rance. Au 1er plan à gauche Nominoé est à cheval, en costume de chasse. Au fond. des piqueurs. A droite, un pauvre ermitage.

I. — LE ROI.

La toile ne se lève qu'au 5e vers.

Les piqueurs font le geste de sonner de la trompe.

Chantez, bardes de l'Armorique,
Redites-nous vos lais bretons :
Réveillez la vieille chronique
Et l'histoire de nos cantons.
Vainqueurs des Francs, libre et sans chaînes,
Nominoë sauva l'Arvor.
De son nom les villes sont pleines...
Allons, piqueurs, sonnez du cor.

CHOEUR DES PIQUEURS

Nominoé, le roi breton,
Va chasser dans la plaine.
Cors, sonnez, lontaine et tonton,
Sonnez à perdre haleine.
Et que les échos de notre gai vallon
S'éveillent au bois et redisent le son
Jusqu'à la mer lointaine,
Ton ton !
La mer armoricaine,
Ton ton, tontaine et tonton.

II. — LES MOINES.

Six moines loqueteux s'avancent suppliants.
Le Roi leur tend la main.

Tout à coup s'offrent à sa vue
Six moines au bord du chemin.
Le grand Roi se sent l'âme émue :
Il s'arrête et leur tend la main.
— Que voulez-vous ? — Un peu de terre
Pour y bâtir une maison ;
Donnez-nous ce coin solitaire,
Ces toits, ce chaume et ce gazon.

CHŒUR DES PIQUEURS

Nominoë, le roi breton,
Leur sourit dans la plaine.
Cors, sonnez, tontaine et tonton,
Sonnez à perdre haleine
Et que les échos de notre gai vallon
S'éveillent au bois et redisent le son
Jusqu'à la mer lointaine,
Ton ton !
La mer armoricaine,
Ton ton, tontaine et tonton.

III. — PROMESSE.

Le Roi les interroge.

— Avez-vous donc quelque relique,
Moines, pour soutenir mon bras
Et protéger notre Armorique?...

Les moines font le geste qu'ils n'ont rien.

— Nous n'avons rien, hélas! hélas !...

Le Roi leur donne sa bourse.

— Voici de l'or... plus tard la terre ;
D'un saint apportez-moi le corps :
Vous aurez un beau monastère...
Adieu !... Piqueurs, hardi vos cors !

CHŒUR DES PIQUEURS

Nominoë, le roi breton,
S'élance dans la plaine.
Cors, sonnez, tontaine et tonton,
Sonnez à perdre haleine.
Et que les échos de notre gai vallon
S'éveillent au bois et redisent le son
Jusqu'à la mer lointaine,
Ton ton !
La mer armoricaine,
Ton ton, tontaine et tonton.

IV. — SAINT MAGLOIRE.

Alors, les moines s'en allèrent,
Joyeux et le cœur plein d'espoir.
Dans l'ile de Serk ils volèrent
Le corps de saint Magloire, un soir.
La barque fuit, vole, entre en Rance
Et débarque aux bois de Lehon.
Saint Magloire est leur espérance ;
Du pays le roi leur fit don.

ACTE II

CHOEUR DES PIQUEURS

La toile se lève au commencement de ce refrain. Mêmes personnages et mêmes héros. Les moines remercient le Roi ; l'un d'eux baise son genou.

Merci, merci, grand roi breton,
Protecteur de Magloire.
Le monastère de Lehon
S'élève à ta mémoire.
Ah ! que les échos de notre gai vallon
S'éveillent au bois et répètent le nom
D'un Roi si plein de gloire,
Ton ton !...
Lehon, c'est ton histoire...
Ton ton, tontaine et tonton !...

3e TABLEAU

Assassinat d'Arthur de Bretagne

1023)

ARGUMENT

ALIÉNOR d'Aquitaine, répudiée par Louis VII, roi de France, épousa Henri II Plantagenet, roi d'Angleterre. De cette union naquirent Richard Cœur-de-Lion, qui fut roi, Geoffroy qui épousa Constance de Bretagne et fut duc de cette province, et Jean, surnommé Sans-Terre, parce que son père l'avait déshérité.

Richard, en mourant, par respect pour la volonté paternelle, légua la couronne d'Angleterre à son neveu Arthur, fils de Geoffroy et de Constance et son héritier naturel. Mais Jean prétendit s'approprier le trône d'Angleterre, qu'il tenait déjà, et alla même jusqu'à vouloir étendre sa domination sur la Bretagne.

Il força la duchesse Constance à se remarier contre son gré, au détriment de son fils Arthur. Alors le jeune prince, quoique à peine âgé de dix-sept ans, entama une vaillante campagne pour revendiquer la couronne d'Angleterre contre Jean Sans-Terre et protéger les droits de son duché de Bretagne.

La vieille reine Aliénor, retirée à Mirebeau en Poitou, encourageait secrètement les prétentions de son fils Jean. Arthur, plein de courage et d'énergie,

et vivement soutenu par ses Bretons, vint à Mirebeau dans l'intention de s'emparer de sa grand'mère et de la garder comme otage.

Jean, menacé dans ses espérances, offrit une réconciliation et chargea Guillaume des Roches d'intervenir auprès de son neveu. Aliénor se prêta elle-même à cette ruse, et des Roches, trompé et de bonne foi[1], amena le jeune prince à son oncle qui, levant le masque, le fit aussitôt prisonnier, le conduisit à Falaise, puis à Rouen où il l'assassina lâchement le 3 avril 1203, jour du Jeudi-Saint.

(D. Morice, *Histoire de Bretagne*, I, p. 130, 131).

---

[1] Il faut bien dire que Guillaume des Roches ne fut pas de si bonne foi que notre argument pourrait le laisser croire; s'il ne prévit pas le crime de Jean-Sans-Terre, il connaissait assez ce roi pour le deviner capable de tout, et son acte de félonie n'en est pas moins odieux. Nous en donnons les preuves dans ces lignes que nous extrayons d'une *Notice sur les seigneurs de Vautorte*, par l'abbé Pointeau.

« Dès le 22 septembre, Jean-Sans-Terre était au Mans où il cherchait à capter « les chevaliers d'Arthur : il gagna Guillaume des Roches, sénéchal du Maine et « seigneur de Sablé, indigne de commander l'armée que le jeune Arthur mit alors « à sa disposition. »

Voici la traduction du texte latin qui met en relief l'étrange trahison de des Roches.

« Cependant Guillaume des Roches, par une indigne duplicité, réussit à sous- « traire Arthur à la garde du roi de France, pour le lier de paix avec Jean, roi « d'Angleterre, auquel roi le même des Roches livra la ville du Mans, que le roi de « France et Arthur lui avaient confiée à défendre. »

« Jean brûla le Mans deux fois; Arthur et sa mère se sauvèrent à Angers puis « près du roi Philippe-Auguste. En décembre, Guillaume des Roches recevait, en « récompense de son fait, le marché du bourg d'Agon. »

(Voir Gaston du Bois: *Vie de Guillaume des Roches*. Bibl. de l'École des chartes, ome XXXIII, année 1874).

ACTE PREMIER

PERSONNAGES

Jean-sans-Terre. — Maulac. — Arthur de Bretagne. — Deux geôliers.

La scène représente le vieux Rouen et le cours de la Seine. Au 1er plan, à gauche, la tour du donjon avec une porte et un escalier ouvrent sur la rivière. Une perspective de murs prolonge la porte et figure le palais et les remparts de Rouen. — Effet de nuit et de clair de lune.

I. — LA TOUR DE ROUEN.

La toile se lève sur la scène sans acteurs.

Le haut donjon paraît et sa muraille noire
Va nous dire les pleurs et la lugubre histoire
Qui la firent trembler jusqu'en ses fondements.
Ecoutez, écoutez ces pierres séculaires
Qui tressaillent encor des affreuses colères
Et du crime accompli là, sur ces flots dormants.

C'était un soir d'Avril, jour de sainte tristesse.
Le roi Jean d'Angleterre avait pris dans l'ivresse
La force d'accomplir son projet infernal,
Et pendant qu'il rêvait le meurtre et la vengeance,
Arthur, le jeune Arthur, dans sa douce innocence,
Double roi, mais captif, courbait son front ducal.

Sa marâtre grand'mère, Aliénor d'Aquitaine,
Surprise à Mirebeau, toujours sombre de haine,
A Guillaume des Roches avait livré l'enfant.
Et des Roches, ignorant les noirs projets du crime,
Avait remis à Jean l'innocente victime,
Pauvre orphelin, brisé, mais encor triomphant.

Minuit sonne lentement.

II. — L'ASSASSINAT.

Effet de lever de lune.

Ce soir, la lune triste et blonde
Jette à travers le ciel son doux reflet dans l'onde.
Le beffroi du château vient de sonner minuit.
Tout dort en paix dans la nature.
Du vieux Rouen pas un murmure :
Et le flot de la Seine étincelle sans bruit.

Une barque glisse et s'arrête à la tour.

Jean y est debout et Maulac, assis, semble ramer.

Voyez glisser là-bas cette barque mouvante...
Au pied du vieux donjon qui jette l'épouvante
Elle arrête sa course... Ecoutez cet accent :
C'est le roi Jean qui parle, et sa voix est émue...

Maulac se lève effrayé
La lumière de la lune devient rouge.

Et Maulac tremble aussi, frissonnant à la vue
De ces murs, sur lesquels passe un reflet de sang.

Arthur descend l'escalier, sort de la tour, s'arrête un instant et entre dans la barque.

Le jeune Arthur paraît, joyeux, plein d'espérance ;
Remerciant le ciel de cette délivrance.
On l'a pris au sommeil ; il va revoir le jour ;

Il tend les bras vers son oncle qui tire à moitié son épée.

Il reconnaît son oncle, il s'élance, il l'appelle...
Mais le fer d'une épée à ses yeux étincelle. .

Arthur recule épouvanté.

Est-ce donc pour mourir qu'on l'arrache à sa tour ?...

Il tombe à genoux aux pieds du roi.

Et l'enfant qui comprend et dont le cœur se navre,
Se traîne à deux genoux, pâle comme un cadavre
Sa fierté l'abandonne... — O mon oncle, pitié !...
Au nom du roi Richard, de Constance ma mère,

Il veut embrasser ses genoux. Jean le repousse du pied et l'enfant tombe.

Pitié !... Je suis le fils de Geoffroy, votre frère,
Grâce !.. — Mais le roi Jean le repousse du pied.

Il n'est pas attendri par cette voix si douce ;
La colère, le vin, la haine, tout le pousse.

A l'ordre donné à Maulac, Arthur se lève et se tourne suppliant vers le serviteur.

— Maulac ? Allons, Maulac, tu sais qu'il doit mourir !
Qu'attends-tu pour frapper ?... — Et son bras gesticule...

Maulac refuse de frapper
Jean tire son épée.

Mais Maulac a frémi... sa main tremble,... il recule...
— Non, non ! je ne puis pas... — Et le roi de rugir !...

Arthur tombe de nouveau à genoux. Le roi le renverse. L'enfant a les bras tendus. Jean met son épée entre le bras et la poitrine d'Arthur qui ramène son bras serrant l'épée.
Il reste mort sur le bord du bateau qui va à la dérive.
La toile tombe.

Et l'enfant affolé crie encor : — Grâce ! grâce !... —
Le monstre le saisit aux cheveux, le terrasse ..
« Arrête ! malheureux, épargne au moins ton sang !... »
Non, non ! point de pitié ! l'œuvre de mort s'achève,
Arthur, le cher Arthur tombe au tranchant du glaive,
Et l'éternelle nuit clot son œil innocent.

ACTE II

III. — VENGEANCE.

O Bretagne, au récit que la brise t'apporte,
Je comprends ta stupeur, la rage qui t'emporte ;
Je comprends ce long cri : « Vengeons-le ! vengeons-[nous ! »
En ce moment encor des pleurs voilent ta face ;
Et le temps devant qui tout souvenir s'efface,
Le temps, au nom d'Arthur, réveille ton courroux.

La toile se lève à cette invocation et montre, dans un rayon de lumière électrique ou de Bengale, le cadavre d'Arthur bercé par les flots.

Ombre chère d'Arthur ! les pages de l'histoire
Ont flétri Jean-sans-Terre et vengé ta mémoire.
Mourir à dix-sept ans, c'est bien cruel, hélas !...
Mais si la mort t'enlève une double couronne,
Qu'elle est brillante au ciel celle que Dieu te donne !...
Arthur, noble martyr, oh ! ne regrette pas !..

4e TABLEAU

Les Jongleurs de Kermartin — Légende de la vie de saint Yves

(1293)

—

ARGUMENT

YVES Hélory (Saint Yves) naquit en 1253, dans le manoir de Kermartin, paroisse de Minihy, à un quart de lieue de Tréguier. Il mourut en 1303 et fut inhumé dans la cathédrale de Tréguier.

La légende raconte que le jongleur ou ménestrel breton Riwallon, sa femme Panthaoda et leurs trois enfants Amicie, An Coant et Geoffroy, vinrent demander l'hospitalité à Kermartin, un soir d'hiver. Mais ils furent impitoyablement repoussés par l'intendant.

Ils savaient des légendes de Saints et des chants historiques ; il offraient de danser, de jouer des mystères, de faire des tours surprenants... Rien ne toucha l'intendant.

Ils allaient repartir navrés, quand Yves parut. Il les reçut avec bonté, les garda près de lui, leur prêcha l'évangile et en fit de parfaits chrétiens. Ils ne comptaient demeurer qu'un jour à Kermartin : ils y restèrent dix ans au service du Saint, que Riwallon vit mourir.

(Dom Lobineau, *Vie des Saints de Bretagne*, p. 245. — Louis Tiercelin, poème des *Jongleurs de Kermartin*).

ACTE PREMIER

PERSONNAGES

SAINT YVES. — RIWALLON. — PANTHAODA. — AMICIE. — AN COANT. — GEOFFROY. — L'INTENDANT.

La scène représente une lande bretonne dénudée par l'hiver. A droite, au 1er plan, la porte du manoir de Kermartin est dans l'ombre. — Riwallon, sa femme et leurs trois enfants paraissent, couverts de manteaux en guenilles, dans l'attitude de gens fatigués et affamés. Riwallon s'appuie sur un bâton. — Effet de nuit.

I. — LES JONGLEURS.

Les cinq Jongleurs arrivent et s'arrêtent cherchant leur route.

Ils sont là cinq, marchant dans l'ombre,
Pauvres Jongleurs mourant de faim.
Hélas ! depuis des jours sans nombre
La neige a fait un deuil sans fin.
Ils vont, suivant la sente blanche,
Raidis, courbés, silencieux ;
Trébuchant à chaque avalanche,
Et des pleurs glacés plein les yeux.

II. — KERMARTIN.

Une fenêtre de Kermartin s'éclaire et les Jongleurs l'aperçoivent.

Quand tout à coup, — oh ! douce joie. —
Au loin apparaît un manoir...
C'est Kermartin, l'âtre y flamboie ;
Pauvres Jongleurs, prenez espoir.

Ils s'approchent du manoir et Riwallon tombe à la porte implorant.

Ils se traînent jusqu'à la porte.
Y tombent, las de tant souffrir...
Et Riwallon, d'une voix morte :
— Pitié ! dit-il, daignez ouvrir !

III. — LE VALET.

L'Intendant paraît et les repousse.

— Passez, passez, la porte est close,
Répond une insolente voix ;
A Kermartin l'agneau repose,
Et les loups restent dans les bois.
— Pitié !... reprend la voix éteinte ...
— Passez passez, je vous le dis.

Les Jongleurs s'apprêtent à partir.

D'Hélory la demeure est sainte,
Et vous, vous êtes des maudits !...

IV. — SAINT YVES.

Saint Yves ouvre la porte et leur tend les bras.

Les enfants se cachent dans sa robe

Le valet recule et les Jongleurs entrent dans le manoir

Yves tient par la main Riwallon.

La toile tombe.

Mais voilà que la porte s'ouvre :
Yves paraît, leur tend les bras,
D'un pan de sa robe il les couvre,
Et sa voix murmure tout bas :
— Ma maison est hospitalière.
Entrez sous son toit protecteur ;
Venez, ma sœur, venez, mon frère ;
Du pauvre, Yve est le serviteur.

ACTE II

V. — L'HOSPITALITÉ.

Et les Jongleurs tous cinq entrèrent
Réchauffer leurs doigts engourdis.
Au bout de la table ils mangèrent,
Se croyant comme en paradis.

La toile se lève au 5e vers et montre les Jongleurs quittant à regret Kermartin.

Yves reparait et les rappelle

Ils reviennent et lui baisent les mains.

— Allons, debout! le temps s'envole,
Il faut partir!... — Soucis cuisants!...
Mais Yve Hélory les console :
— Restez encor, mes chers enfants!
Oh! la généreuse parole :
— Restez!... — Ils restèrent dix ans. —

5ᵉ TABLEAU

Surprise de Fougeray par Du Guesclin

(1350)

—

ARGUMENT

LE premier exploit de Du Guesclin recueilli par l'histoire est la prise du château de Fougeray vers l'année 1350. En l'absence de Bembro, capitaine de la place, Bertrand résolut de s'en emparer par stratagème. Déguisé en bûcheron avec une trentaine d'hommes, il va offrir du bois de chauffage à la garnison ; celle-ci baisse le pont-levis ; aussitôt les Bretons jettent leurs fagots et s'élancent sur les Anglais. La lutte fut longue et acharnée ; Du Guesclin, séparé des siens, faillit être massacré, mais l'arrivée inattendue d'une troupe française assure la prise du château.

Nous ne pouvons résister au désir de donner cette page d'histoire, telle que nous la raconte Siméon Luce dans son *Histoire de Bertrand Du Guesclin*, page 100 et suivantes. Le lecteur nous en saura gré : tout ce qui touche notre immortel héros breton mérite d'être mis en évidence.

« Dagworth, chef des Anglais, avait dû faire appel aux garnisons des forteresses de la vallée de la Vilaine, et Robert Bramborc, capitaine de Fougeray, répondit sans doute à cet appel. Par un heureux hasard, Bertrand se tenait alors tapi avec sa bande composée d'environ soixante gars sur la lisière des bois de (*Teillais*).

Pour haper les Engloiz, quand de là sont sevré.

Il apprend par « *un varlet sorty du chasteau en la forest de Teillay* (*d'Argentré*) et tombé en ses mains, que le capitaine et la plus grande partie de ses hommes viennent de partir en expédition : — « Amis nous souperons aujourd'hui dans ce maître donjon, et je vous y régalerai de mouton gras », s'écrie Bertrand en montrant de loin à ses gars la belle tour à créneaux qui domine encore le pays. Il sait que la garnison a fait une commande de bois de chauffage, et voici le stratagème qu'il imagine. Il se présente devant le château à la tête de trente gars des plus résolus, déguisés en bûcherons et tout courbés sous le poids de fagots et de bourrées, où ils ont caché leurs armes. Le reste de la troupe, réparti en quatre petits groupes de sept à huit hommes, se tient caché à quelque distance, prêt à accourir au premier signal. Bertrand porte la plus forte charge et s'avance le premier, en faisant de grandes enjambées, comme quelqu'un qui aurait hâte de se débarrasser d'un fardeau trop lourd. Plusieurs de ses compagnons se sont affublés de jupons blancs pour ressembler à de pauvres vieilles femmes qui viennent de ramasser du bois. La sentinelle du château les aperçoit et sonne de la trompe. A ce moment, plus d'un des faux bûcherons voudrait bien « être dans la mer salée » (*Tel y ot qui vousist estre à la mer salée*), mais il est trop tard pour reculer.

Le stratagème réussit. La garnison croit qu'on lui apporte le bois dont elle a besoin ; elle fait abaisser le pont-levis et ouvrir la porte. Bertrand entre le premier. Dès qu'il est sur le seuil, il jette sa charge en travers, tire son épée et fend la tête au portier en poussant son cri de guerre : — « Guesclin ! En avant ! mes amis, en avant ! crie-t-il à ses compagnons, à bas vos fagots ; il y a céans bon vin, il ne s'agit plus que de le tirer » ; puis, s'adressant aux Anglais : « Voilà du bois que vous payerez cher c'est pour chauffer votre bain, mais c'est de votre sang que je remplirai la baignoire ».

Du Guesclin et ses compagnons sont déjà maîtres de la porte, lorsque la valetaille des cuisines et des écuries, accourant au bruit, s'efforce d'assommer les assaillants à coups de pierre. Un des gars de Bertrand reçoit même sur l'oreille un tel coup de cognée qu'il tombe sur le pont-levis pour ne plus se relever. Bertrand passe son épée au travers du corps de l'écuyer anglais qui a fait ce coup, saisit la cognée et s'élance en avant au cri de « Guesclin ! la journée est gagnée ! »

C'est alors que notre héros, en poursuivant quelques fuyards, se trouve tout à coup séparé du gros de sa troupe et comme enfermé dans une étable où il lui faut soutenir seul l'assaut de toute une armée de valets des cuisines, de la bouteillerie, de la panneterie et des écuries. Ces combattants d'un nouveau genre sont armés, les uns de leviers à porter les seaux, les autres de perches pointues, plusieurs enfin de broches et de pilons. La situation de Du Guesclin et des siens menace de devenir critique, lorsqu'on entend retentir un galop de chevaux. Par précaution, les gens de Bertrand crient à ces nouveaux arrivants : « Si vous n'êtes pas pour Charles de Blois, si vous êtes Anglais, sauvez-vous, car fussiez-vous le double de ce que vous êtes, vous seriez morts! Bertrand de Claquin, et avec lui cinq cents Français sont ici confessant les Anglais. » — « Eh ! par la vierge Marie, répondent les cavaliers, nous sommes des vôtres. »

Il est temps que ce secours arrive. Bertrand, lorsque ses compagnons parviennent jusqu'à lui et réussissent à le dégager, se débat comme un sanglier aux abois. Il ne lui reste plus une partie de son armure qui ne soit en pièce ; sa cognée s'est brisée dans la lutte, et il en est réduit à se battre avec les poings. Blessé au front, aveuglé par le sang qui jaillit de sa blessure et lui coule dans les yeux, il ne distingue plus ni amis, ni ennemis et frappe à tort et à travers quiconque s'offre à ses coups.

Il ne voloit souffrir le bien c'on li faisoit.

Toutefois une résistance aussi opiniâtre a donné aux compagnons de Du Gueslin le temps de venir au secours de leur chef ; et bientôt, grâce surtout au renfort reçu pendant l'action, le château est conquis. »

(Voir aussi Bérard, *Bertrand Du Guesclin en Bretagne*, p. 53)

ACTE PREMIER

PERSONNAGES

BERTRAND DU GUESCLIN. — DEUX FAUX BUCHERONS. — UN SOLDAT ANGLAIS. — DES VALETS DU CHATEAU. — D'AUTRES COMPAGNONS DE DU GUESCLIN. — DES SOLDATS FRANÇAIS.

La scène représente les murailles extérieures de Fougeray. — Vers le milieu de la scène une porte de forteresse avec son pont-levis. A gauche, une autre porte en ruines à travers laquelle on distingue les fortifications : à droite, au 2e plan, de vieilles maisons prolongent la perspective sur un fond de ciel. — Matinée d'hiver

I. — LA GUETTE.

On entend trois appels de trompe. La toile se lève sur le paysage.

Alerte! Anglais, le guetteur vous appelle
Du haut du fort.
Entendez-vous jaillir de la tourelle
Le son vibrant du cor?

Au loin, une troupe s'avance
Et marche en bataillons épais.
J'entends le cri « Bretagne et France! »
A vos créneaux, braves Anglais!
Si vous voulez assurer le succès
Tenez ferme la lance;
Bandez votre arc et choisissez vos traits;
Alerte, Anglais! sus aux Français!

Une sentinelle paraît qui parle à la guette.

— Cesse tes cris d'appel, la guette,
Ce sont de pauvres bûcherons.
La frayeur te trouble la tête ;
Ne vois-tu pas leurs chaperons?
Sous leur charge pesante,
Ils rentrent au logis.
Eh! quoi? tant d'épouvante!
Tous sont gens du pays.
Ohé! ohé! ohé!...
Au galop!...

Alerte. Anglais, le guetteur renouvelle
Son cri plus fort.
A grands poumons jaillit de la tourelle
L'appel vibrant du cor.

II. — LES BUCHERONS.

Du Guesclin et deux des siens, déguisés en bûcherons et encapuchonnés s'avancent, un lourd fagot sur l'épaule. Ils appellent.

— Soldats du fort, ouvrez la porte,
Nos gens succombent sous le poids.
Voyez les fagots qu'on apporte :
De bons fagots pris dans le bois.
Sous votre lourde armure
L'hiver se fait sentir.
Aux jours de la froidure,
Du bois, c'est du plaisir.
Ohé! ohé! ohé! ..
Au galop!...

Alerte, Anglais, le guetteur renouvelle
Son cri plus fort.
A grands poumons jaillit de la tourelle
L'appel vibrant du cor.

III. — L'ATTAQUE.

Le pont levis s'abaisse et les bûcherons y jettent leurs fagots.

Sur le pont-levis qu'on abaisse,
Les fagots sont jetés en tas.

La sentinelle les repousse.

— Manants! vous encombrez la herse!
Arrière!... et n'embarrassez pas!...

Ils rejettent leurs chaperons et brandissent leurs armes.

Inutile que l'on se cache.
Les chaperons tombent soudain.
Et Bertrand dit, levant sa hache :

Quelques autres Bretons accourent
Et aussi des Anglais.

— A moi! Notre-Dame Guesclin!
Inutile que l'on se cache;

Le combat s'engage.

— A moi, Bretons!... Notre-Dame Guesclin!

La mêlée est terrible et la fureur augmente,
Les Anglais plus nombreux ont redoublé d'effort.

Bertrand recule tenant tête.

Bertrand brise sa hache en semant l'épouvante,

Six Anglais l'entourent et le menacent.

Et le Breton rugit, il n'est pas le plus fort.

Qu'importe! toujours formidable,
Seul, acculé par six Anglais,
Bertrand lutte encor comme un diable.

Il en tue deux. Les autres reculent.

— Rends-toi, Breton!.. — Non, non! jamais!

Les Français arrivent à son secours.

Enfin un secours leur arrive

La toile tombe.

Et s'élance de la forêt.
Des bûcherons la joie est vive,
Ils sont maîtres de Fougeray.
Grâce au secours qui leur arrive
Ils sont enfin maîtres de Fougeray.

ACTE II

IV. — LE TRIOMPHE.

La toile se relève aussitôt montrant Du Guesclin criant, les bras en l'air.

Il reconnait ses amis et leur presse les mains.

Et Du Guesclin, sanglant, presque sans connaissance,
Gesticule toujours criant : — Hardi, les cœurs ! —
Enfin il reconnait ses bons amis de France :
— Merci Dieu ! mes Bretons, nous sommes les vainqueurs

6e TABLEAU

Le Combat des Trente

(1351)

ARGUMENT

PENDANT la guerre de la succession de Bretagne, et malgré la trêve conclue entre le parti de Charles de Blois et celui de Jean de Montfort, des Anglais, auxiliaires de ce dernier, ayant à leur tête un capitaine appelé Bembrough, ravageaient le pays de Ploërmel, rançonnant et vexant outrageusement les paysans.[1]

« Bembrough avait pris Ploërmel, dit un poète du temps, et menait les Bretons au gré de son caprice, quand un jour, le bon seigneur de Beaumanoir, commandant de Josselin pour Charles de Blois, se rendit vers les Anglais et leur demanda raison. Or il fut témoin d'un spectacle qui lui fit grand pitié : il vit de pauvres paysans, les fers aux pieds et aux mains, tous enchaînés deux par deux, trois par trois, comme vaches et bœufs que l'on mène au marché. Beaumanoir vit cela, et son cœur soupira. — « Chevalier

[1] Le Robert Brambore, capitaine de Fougeray, et le Bambro, chef des Trente, ne sont qu'un seul et même personnage. Siméon Luce. *Histoire de Du Guesclin*. p. 102.

d'Angleterre, dit-il à Bembrough, vous êtes bien coupable de tourmenter ainsi ceux qui sèment le blé et qui nous procurent la viande et le vin ; je vous le dis comme je le pense, s'il n'y avait pas de laboureurs, ce serait à nous, nobles, à travailler la terre, à manier le fléau et la houe, à endurer la pauvreté. Laissez-les donc vivre en paix, car ils ont souffert trop longtemps. — Parlons d'autre chose, Beaumanoir, répondit Bembrough ; les Anglais seront les maîtres, ils feront ce qu'ils voudront, il régneront partout !

Beaumanoir répartit : « Toutes vos bravades ne signifient rien ; ceux qui parlent le plus sont ceux qui agissent le moins. Mais, si vous le voulez, prenons jour pour nous battre *trente contre trente*, on verra bien, par le résultat de la bataille, qui a tort ou raison. — J'y consens, dit Bembrough. » Ainsi fut jurée la bataille qui eut lieu au Chêne de Mi-Voie, dans les landes de la Croix-Helléan, entre Ploërmel et Josselin, le 26 mars 1351.

Ecoutons, maintenant, un poète populaire breton du temps :

I

Le mois de mars, avec ses marteaux, vient frapper à nos portes ; les bois sont courbés par la pluie qui tombe à torrents et les toits craquent sous la grêle.

Mais ce ne sont pas les seuls marteaux de mars qui frappent à nos portes ; ce n'est pas la grêle seulement qui fait craquer les toits ;

Ce n'est pas seulement la grêle ; ce n'est pas la pluie tombant à torrents qui frappe ; pire que les vents et la pluie, ce sont les Anglais détestables.

II

Seigneur saint Kado, notre patron, donnez-nous force et courage, afin qu'aujourd'hui nous vainquions les ennemis de la Bretagne.

Si nous revenons du combat, nous vous ferons présent d'une ceinture et d'une cotte d'or, et d'une épée, et d'un manteau bleu comme le ciel ;

Et tout le monde dira en vous regardant, ô seigneur saint Kado béni :

« Au paradis comme sur la terre, saint Kado n'a pas son pareil »

III

— Dis-moi, dis-moi combien sont-ils, mon jeune écuyer ?

— Combien ils sont ? je vais vous le dire : un, deux, trois, quatre, cinq six ;

Combien ils sont ; je vais vous le dire ; combien ils sont, seigneur : cinq, six, sept, huit, neuf, dix, onze, douze, treize, quatorze, quinze ;

Quinze et d'autres encore avec eux : un, deux, trois, quatre, cinq, six sept, huit, neuf, dix, onze, douze, treize, quatorze, quinze.

— S'ils sont trente comme nous, en avant, amis, et courage ! Droit aux chevaux avec les fauchards ! Ils ne mangeront plus notre seigle en herbe. »

Les coups tombaient aussi rapides que des marteaux sur des enclumes ; aussi gonflé courait le sang que le ruisseau après l'ondée ;

Aussi délabrées étaient les armures que les haillons du mendiant ; auss sauvages étaient les cris des chevaliers dans la mêlée que la voix de la grande mer.

IV

La *Tête de blaireau* (Bembrough) disait alors à Tinténiac qui s'approchait :

— Tiens un coup de ma bonne lance, Tinténiac, et dis-moi si c'est un roseau vide.

— Ce qui sera vide dans un moment, c'est ton crâne, mon bel ami ; plus d'un corbeau y grattera et bequetera ta cervelle.

Il n'avait pas fini de parler qu'il lui avait donné un coup de maillet tel qu'il écrasa, comme un escargot, son casque et sa tête à la fois.

Keranrais, en voyant cela, se mit à rire à grince-cœur :

— S'ils restaient tous comme celui-ci, ils conquerraient le pays.

— Combien y en a-t-il de morts, bon écuyer ?

— La poussière et le sang m'empêchent de rien distinguer.

— Combien y en a-t-il de morts, jeune écuyer ?

— En voilà cinq, six, sept bien morts.

V

Depuis le petit point du jour, ils combattirent jusqu'à midi ; depuis midi jusquà la nuit, ils combattirent les Anglais.

Et le seigneur Robert (de Beaumanoir) cria :

— J'ai soif ! oh ! j'ai grand soif !

Lorsque du Bois lui lança ces mots :

— Si tu as soif, ami, bois ton sang !

Et Robert, quand il l'entendit, détourna la face de honte, et il tomba sur les Anglais et il en tua cinq.

— Dis-moi, dis-moi, mon écuyer, combien en reste-t-il encore ?

— Seigneur, je vais vous le dire : un, deux, trois, quatre, cinq, six

— Ceux-ci auront la vie sauve, mais ils payeront cent sous d'or brillant chacun, pour les charges du pays.

VI

Il n'eût pas été l'ami des Bretons, celui qui n'eût pas applaudi dans la ville de Josselin, en voyant revenir les nôtres, des fleurs de genêts à leurs casques ;

Il n'eût point été l'ami des Bretons, ni des Saints de Bretagne non plus, celui qui n'eût pas béni saint Kado, patron des guerriers du pays ;

Celui qui n'eût point admiré, qui n'eût point applaudi, qui n'eût point béni et qui n'eût point chanté :

« Au Paradis comme sur la terre, saint Kado n'a pas son pareil ! »

(La Villemarqué, *Barzaz-Breiz*).

Le chant qui précède, fort intéressant comme écho de la tradition populaire. n'est pas toujours conforme à l'histoire, c'est-à-dire au poème contemporain de la *Bataille des Trente*, véritable chronique rimée dont l'exactitude historique est incontestable.

Le combat eut *quatre phases* successives. Les soixante champions arrivèrent à cheval, mais tous mirent pied à terre pour combattre. laissant leurs montures à la garde de leurs gens, chacun gardant. pendant toute la lutte, le droit de se battre à son gré à pied ou à cheval.

La première phase fut une *mêlée*, sans ordre de bataille, chacun des champions se lançant au hasard sur l'ennemi qu'il avait sous la main, les groupes *se mêlant* à l'aventure. Cette première *jointe* ne fut pas favorable aux Bretons ; deux des leurs furent tués, et trois prisonniers. Elle se termina par une suspension momentanée de la lutte pour permettre aux deux partis de souffler un peu et de se désaltérer.

La deuxième phase (encore une *mêlée*) commença par des provocations railleuses et insultantes de Bembrough, qui fut abattu d'un coup de lance, non par Tinténiac (comme le dit le chant), mais par Keranrais et achevé par Geofroi du Bois. Les Anglais prirent alors pour chef un des leurs appelé Croquart, qui les forma aussitôt coude à coude en ligne de bataille étroitement serrée, et le combat entra ainsi dans sa troisième phase.

Troisième phase. Les Bretons s'escriment longtemps contre le front de bataille des Anglais sans pouvoir l'entamer : l'un d'entre eux est tué, Beaumanoir et beaucoup d'autres sont blessés ; enfin ils trouvent moyen d'entamer la ligne anglaise par les extrémités, et quatre Anglais sont tués.

Quatrième phase. Croquart alarmé commande une nouvelle manœuvre et fait mettre les Anglais « *tretous en un moncel*, » c'est à dire en *hérisson* ou bataillon carré. Les Bretons essaient en vain de faire brèche dans cette forteresse vivante hérissée de piques et de faucharts : ils n'y gagnent que de nouvelles blessures. Alors l'un d'entre eux, Guillaume de Montauban, sort de la bataille comme un fuyard, court à son cheval, l'enfourche, tombe sur les Anglais, renverse leur bataillon carré, le traverse deux fois, les blesse, ou les culbute presque tous. Les autres Bretons arrivent, font prisonniers tous ceux qui ne sont pas morts. et *ad majorem Britanniæ gloriam* ! la bataille est finie.

(A. de la Borderie : *La Bretagne aux grands siècles du moyen-âge*, p 191-197.)

ACTE PREMIER

PERSONNAGES

BEAUMANOIR. — BEMBRO. — MONTAUBAN. — TINTÉNIAC. — DU BOIS. — KERANRAIS. — CHEVALIERS BRETONS. — CHEVALIERS ANGLAIS. — PAYSANS ENCHAINÉS.

La scène représente un fond de lande et le chêne de Mi-Voie. Bembro et Beaumanoir sont au premier plan, dans l'attitude du défi. Au fond quelques chevaliers bretons et anglais, et au milieu d'eux des paysans enchaînés.

I. — LE DÉFI.

Beaumanoir, montrant les prisonniers, interpelle Bembro.

— Bembro, pourquoi ces lourdes chaînes
Aux mains de nos hommes des champs ?
Ont-ils donc mérité vos haines
Ceux qui nourrissent vos enfants ?

Bembro répond d'un air hautain.

— Ils subissent le sort des guerres ;
Ce sont de vils manants français !
A nous, à nous, vos châteaux et vos terres !
Il faut la Bretagne aux Anglais.

Tous deux font des gestes énergiques.

— Non ! non, non, jamais ! Non ! — A nous vos terres ;
— Jamais la Bretagne aux Anglais !

Beaumanoir tire son gant.

— Bembro, compte et choisis tes lances,
Demain nous serons trente ici.
L'heure a sonné de nos vengeances !

Il le jette aux pieds de Bembro.

Que tes guerriers y soient aussi.
A moi, Bretons ! assez de larmes !
Prenons le glaive et soyons prêts.
Que saint Kado daigne bénir nos armes
Pour nous délivrer des Anglais.

Bembro tire son poignard et le jette aux pieds de Beaumanoir.

— Non ! non, non, jamais ! Non !... Voici nos armes !
Il faut la Bretagne aux Anglais.

ACTE DEUXIÈME

Au premier plan, Bembro et Keranrais sont en arrêt de combat. — Au second plan, Bretons et Anglais armés de lances sont aux prises. Au fond, les deux camps.

II. — LE COMBAT.

CHOEUR DES ECUYERS.

— Là-bas, combien sont-ils, écuyer, dans la lande ?
— Trois fois dix, Monseigneur. — Nous sommes trente aussi.
O Dieu, de notre sang nous vous faisons l'offrande ;
Mais à l'orgueil anglais, Bretons, pas de merci !...

Bembro frappe de sa lance Keranrais qui recule. Mais celui-ci frappe à son tour de son maillet la tête de Bembro qui tombe mort. Même jeu au second plan où un Breton et un Anglais tombent aussi.

— Ma lance, Keranrais, est-elle un roseau vide ?. .
— C'est ton crâne, Bembro, qui le sera bientôt !...
Et parmi les genêts et sur le sol aride
Les corps tombent frappés par le fer aussitôt.
Saint Kado protégez tous ces preux d'Armorique !
Et vous, Dieu des combats, daignez les secourir.
Et du cœur des Bretons sort ce cri héroïque :

Cri de tous les Bretons qui lèvent la main.

« Plutôt mourir !... Plutôt mourir !... »

CHŒUR DES ECUYERS.

— Combien sont-ils encore, écuyer, dans la lande ?
— Vingt Anglais, Monseigneur.— Nous sommes quinze aussi.
O Dieu, de notre sang nous vous faisons l'offrande
Bretagne, à la rescousse ! .. Hardi ! .. pas de merci ! .

Le combat est suspendu.

Depuis l'aube, ils sont là, les vaillants, pleins d'audace :
Les uns couchés, hélas ! l'œil encor menaçant.

Beaumanoir se détourne, la main au front. Dubois lui touche l'épaule.

— J'ai soif !... dit Beaumanoir en détournant la face,
Et du Bois lui répond : — *Beaumanoir, bois ton sang !...*
Et le héros, honteux d'un instant de faiblesse,

Beaumanoir frappe de nouveau : un Anglais tombe. Le combat reprend.

Se rue à l'ennemi... dont cinq tombent encor.
Et le camp des Bretons pousse un cri de liesse :

Tout le camp breton lève les bras.

« Honneur aux enfants de l'Arvor !... »

CHŒUR DES ECUYERS.

— Combien, combien sont-ils, écuyer, dans la lande ?
— Las ! encor plus que nous. — Mais moins vaillants aussi !

Les Anglais brusquement se mettent en bataillon carré, hérissé de lances.

— Ah ! les voilà groupés... et leur fureur est grande...
Alors, il faut mourir !... Bretons, pas de merci !...

III. — LA VICTOIRE.

Montauban recule lentement, puis fuit dans la coulisse — Beaumanoir le rappelle.

— Quoi ! Guillaume, tu fuis ?. . Oh ! le lâche ! le lâche !
Que diront, que diront plus tard tes descendants ?...
Le lâche ! .. Le lâche !...

Montauban répond de la coulisse

— Tais-toi, Beaumanoir, fais ta tâche !
Tais-toi !... Tais-toi !

Tous les Bretons poussent leur Kent merwel ! (Plutôt mourir) et Montauban se précipite à cheval.

« Kent merwel !... »
Et Montauban revient à cheval, l'arme aux dents.

Le cheval est cabré. Il fend le bataillon carré des Anglais qui tombent. Montauban, de son maillet, achève ceux qui se relèvent. Les autres fuient.

O sublime de la vaillance !
Le coursier se cabre et s'élance
Foule et renverse les Anglais...
Quelle audace !... Oh ! noble imprudence !
Le lourd maillet brise la lance...
Et les Bretons ont enfin le succès.

La toile tombe.

ACTE TROISIÈME

IV. — LES GÉANTS.

GRAND CHOEUR FINAL

Le sol est jonché de morts. Les Bretons entourent Montauban auquel Beaumanoir donne la main. Le cheval est au repos.
A la fin du chœur, tous les bras armés se lèvent.

Plutôt, plutôt mourir ! .. O ma noble Bretagne !
Que ta devise est belle, et que grands sont tes preux !
Que ce cri d'autrefois te guide et t'accompagne,
Qu'il te garde toujours digne de tes aïeux !

7ᵉ TABLEAU

Le soir de la Bataille d'Auray

(1364)

ARGUMENT

Le 29 septembre 1364, Charles de Blois et Du Guesclin se présentèrent devant Auray que Montfort avait investi. Ce dernier avait offert la paix, mais Jeanne de Penthièvre en avait hautement repoussé les propositions et dit même à son mari qui semblait enclin à les accepter : « Vous n'avez pas le cœur de chevalier vaillant. »

Des propositions de paix, renouvelées au dernier moment, furent repoussées de part et d'autre, et la bataille devint inévitable.

C'était un dimanche. Les deux armées se joignirent sur le plateau où s'élève aujourd'hui l'église de la Chartreuse d'Auray. Chandos commandait les troupes de Montfort et Du Guesclin celles de Blois. D'abord la victoire flatta le parti de Charles, mais Chandos vint au secours de Clisson ; la division du comte d'Auxerre, puis celle de Du Guesclin furent enfoncées après une résistance héroïque. Charles de Blois fut frappé à mort et tomba « le visage sur ses ennemis », dit Froissart. Du Guesclin lutta en désespéré, frappant à coups redoublés et, suivant l'expression de Cuvelier,

Tout ainsi les abat, comme fait un bouchier
Un buef, quand il est temps qu'on le doit écorchier.

Enfin, n'ayant plus entre les mains qu'un tronçon d'épée tordue, il se rendit.

M. le marquis de l'Estourbeillon, président de la Société Polymathique du Morbihan, vient de trouver dans les archives du château de Kerfür une pièce qui établit qu'à la bataille d'Auray, l'infortuné Charles de Blois fut tué par le sire de Lesnerac : « Ledit Lesnerac ayant tué de sa propre main, *en bataille rangée*, le comte de Blois, ainsi qu'il l'avoit voué et juré sur la sainte Hostie. » Cette pièce n'étant que du XVIe siècle, c'est-à-dire postérieure de deux cents ans à la bataille d'Auray, n'aurait pas par elle-même une grande autorité, si elle n'était confirmée, en ce qui touche le nom du meurtrier de Charles de Blois, par une chronique et par une charte du XVe siècle (Voir D. Morice, *Preuves de l'hist. de Bret.* I, 156 et III, 411) — Dom Lobineau ajoute que, le prince étant mort, les Anglais le dépouillèrent et jetèrent avec mépris son cadavre, que les Bretons couvrirent d'un large bouclier.

Jean de Montfort, après sa victoire, montra beaucoup d'affliction de la mort de son cousin, et voulut lui-même recueillir son cadavre. Après avoir soulevé le bouclier qui le couvrait, il le contempla longuement et versa des larmes. Il le fit transporter à Guingamp où il fut honorablement inhumé dans l'église des Frères Mineurs.

Dans cette cruelle journée furent tués, avec Charles de Blois, les sires de Rochefort, de Rieux, de Dinan, de Montauban, de Tournemine, etc. L'intrépide Du Guesclin fut fait prisonnier.

Voir Dom Lobineau : *Vies des Saints de Bretagne*, p. 478. — La Borderie : *La Bretagne aux grands siècles du moyen-âge*, p. 244.

ACTE UNIQUE

PERSONNAGES

JEAN DE MONTFORT. — CHANDOS — CHARLES DE BLOIS — DU GUESCLIN. — GARDES. — SOLDATS — DES MORTS.

La scène représente une lande de la vallée de Tré-Auray. — Effet de lune. — Des cadavres sont semés çà et là. — Sur le devant du groupe des morts, est le corps de Charles de Blois en partie dépouillé et le visage dissimulé sous son bouclier — Au fond, Du Guesclin est prisonnier entre plusieurs Anglais.

Montfort arrive avec Chandos et quelques soldats. Ils font le tour des morts : et Montfort, rendu sur le devant, s'arrête à la vue de l'écu de Charles qu'il reconnait.

A la vue des cadavres, Montfort porte la main à ses yeux. Il soulève l'écu de Charles et le tient un instant à la main.

Le soir d'Auray, de sanglante mémoire,
Jean de Montfort est là, fier et vainqueur.
Il voit le prix de sa victoire ..
Son cœur se fend, brisé par la douleur...

DUO DE MONTFORT ET CHANDOS

MONTFORT

Il remet le bouclier sur le corps et pleure de nouveau.

— Chère Victime !
Dit-il, quel est ton crime ?
Devais-tu donc tomber avec les morts ?
O Charle ! ô Charle ! ô Blois ! vois mes remords.
O Charle ! ô Blois ! vois mes remords.

CHANDOS

(Les deux strophes se chantent ensemble).

Chère Victime !
Hélas ! quel est ton crime !
Devais-tu donc tomber avec les morts ?
O Charle ! ô Charle ! ô Blois ! vois nos remords,
O Charle ! ô Blois ! vois nos remords.

SOLO DE CHANDOS

Chandos veut entrainer Montfort qui résiste.

Ce jour, Montfort, vous donne la Bretagne.
L'un de vous deux, hélas ! devait mourir...
Quittez cette triste campagne.

Deux soldats enlèvent lentement le corps.

Le duc n'est plus... allons, il faut partir.

REPRISE DU DUO

MONTFORT

Chère Victime !
Oh ! pardonne à mon crime !
Que ne puis-je t'arracher à la mort !
O Charle ! ô Charle ! ô Blois ! vois mon remord,
O Charle ! ô Blois ! vois mon remord.

Montfort pleure, tend les bras vers son cousin, et se laisse emmener.

(Duo comme dessus)

CHANDOS

Chère victime,
Pardon, si c'est un crime !
Que je voudrais t'arracher à la mort !
O Charle ! ô Charle ! ô Blois ! quel triste sort !
O Charle ! ô Blois ! quel triste sort !

8e TABLEAU

Entrevue de Richemont et de Jeanne d'Arc

(16 juin 1429)

ARGUMENT

ARTHUR DE BRETAGNE, comte de Richemont et Connétable de France, naquit en 1393, de Jean IV, duc de Bretagne. Il était petit, mais plein de courage. Il se signala à la malheureuse bataille d'Azincourt (1415) ; battit les Anglais en Normandie et en Poitou ; remporta sur eux la victoire de Patay, puis celle de Formigny (1450).

En 1457, son neveu Pierre II, duc de Bretagne, étant mort sans enfants, Richemont lui succéda sous le nom d'Arthur III et mourut bientôt lui-même à 66 ans, vivement regretté, en décembre 1458. Très sévère contre les brigandages des troupes, il était sobre, dur à lui-même, exact en justice, zélé pour la religion et grand homme de guerre. La paix d'Arras fut son ouvrage (1435), ainsi que la reprise de Paris sur les Anglais (1436).

Pendant le siège de Pontorson, Richemont demande des subsides à de Giac, favori et ministre de Charles VII, et il en obtient un refus hautain. De concert avec la Trémoille, il s'empare de Giac et le fait mettre à mort sans consulter le roi. Il en fait autant de Le Camus de Beaulieu, qui a succédé à de Giac et qui a continué ses déprédations. Mais son protégé La Trémoille, devenu ministre à son tour, indisposa le faible roi contre l'austère Breton et le fit exiler.....

Cependant le Connétable, honteux de son inaction en présence des malheurs de la France, lève 1500 hommes et vient, malgré la défense du roi, rejoindre l'armée française (16 juin 1429).

« Et print mondit seigneur le chemin pour tirer devers Orléans. Et aussitôt que le roi le sceut, il envoya monseigneur de la Jaille, au devant de lui, et le trouva à Lodun. Si le tira à part et lui dit que le roi lui mandoit qu'il s'en retournast à sa maison, et qu'il ne fust tant hardy de passer avant ; et que s'il passoit outre, que le roi le combattroit.

« Lors mondit seigneur respondit : que ce qu'il en faisoit estoit pour le bien du royaume et du roi, et qu'il verroit qui le voudroit combattre. Lors le seigneur la Jaille lui dit : « Monseigneur, il me semble que vous ferez très bien » .... Et Richemont sceut que le siège estoit à Boisgency. Si tira tout droit le chemin devers la Beauce, pour venir joindre ceux du siège.

« Et tantost on vint lui dire que la Pucelle et ceux du siège venoient le combattre ; et il respondit que s'ils venoient qu'il les verroit. Et bientost montèrent à cheval la Pucelle et monseigneur d'Alençon et plusieurs autres. Toutesfois La Hire, Girard de la Pagelière, monseigneur de Guitry, et autres capitaines demandèrent à la Pucelle qu'elle vouloit faire. Et elle leur répondit qu'il falloit aller combattre le Connestable. Et ils lui répondirent que si elle y alloit elle trouveroit bien à qui parler, et qu'il y en avoit en sa compagnie qui seroient plustost à lui qu'à elle, et qu'ils aimeroient mieux lui et sa compagnie que toutes les pucelles du royaume de France.

« Cependant, Monseigneur chevauchoit en belle ordonnance, et furent tous esbahis qu'il fut arrivé. Et vers la maladrerie, la Pucelle arriva devers lui et monseigneur d'Alençon, monseigneur de Laval, monseigneur de Lohéac, monseigneur le bastard d'Orléans, et plusieurs capitaines qui lui firent grande chère, et furent bien aises de sa venue. La Pucelle descendit à pied, et monseigneur aussi ; et vint ladite Pucelle embrasser mondit seigneur par les jambes. Et lors il parla à elle et lui dit : « Jehanne, on m'a dit que vous me voulez combattre ; je ne sais si vous estes de par Dieu ou non. Si vous estes de par Dieu, je ne vous crains de rien, car Dieu sçait mon bon vouloir. Si vous estes de par le diable, je vous crains encore moins. » Lors tirèrent droit au siège et ils ne lui baillèrent point de logis pour cette nuit. Si print mondit seigneur à faire le guet : car vous savez que les nouveaux venus doibvent le guet ; si firent le guet cette nuit devant le chasteau et feut le plus beau guet qui eust été en France passé a longtemps. »

(*Chronique d'Arthur III*, par Guillaume Gruel, édit. Buchon, p. 369).

ACTE UNIQUE

PERSONNAGES

RICHEMONT. — JEANNE D'ARC. — UN PORTE-ÉTENDARD — DEUX SENTINELLES BRETONNES — SUITE DU CONNÉTABLE. — SUITE DE JEANNE.

La scène représente une campagne boisée près Beaugency. — Deux sentinelles bretonnes font la garde autour du camp du Connétable.

I. — LE ROI.

Le rideau se lève sur le paysage sans autres acteurs que les deux sentinelles.

Sous le pied des Anglais, quand la France vendue
Courbait son noble front, haletante, éperdue,
Et jetait à ses fils des appels si touchants :
Lorsque, le cœur ému par cette voix chérie,
Jeanne d'Arc se levait pour sauver la Patrie,
— Jeanne, l'humble bergère arrachée à ses champs, —

Où donc était le Roi ?... le Roi Charles Septième ?...
Son épée au fourreau, le front sans diadème,
Le Roi passe à Chinon ses jours dans le plaisir.
En vain le grand Chabanne, en vain le vieux La Hire,
Dunois, tous ses guerriers se lèvent pour lui dire :
— Sire, sire ! debout !... la France va mourir !...

Le Roi reste insensible aux appels de la gloire...
De lâches courtisans, la honte de l'histoire,
L'entourent : c'est Agnès, la Dame de Beauté ;[1]
La Trémouille, — un félon ! — d'autres valets avides...
Des vrais Français, hélas ! les places restent vides ;
Et la Patrie en deuil crie en vain : « Liberté ! »

II. — RICHEMONT.

Une patrouille bretonne passe silencieuse et se perd dans la coulisse.

Richemont est proscrit. Le Roi qui le redoute
— Le Roi, plus insensé que son père sans doute, —
A chassé cette épée et banni le vengeur...
Et le Justicier, l'austère Connétable,
Que les Anglais toujours ont vu si redoutable,
Au fond de sa Bretagne a caché son grand cœur.

[1] Agnès Sorel, né vers 1409, fut placée comme fille d'honneur à l'âge de 15 ans près de la duchesse d'Anjou : mais elle ne parut vraiment à la cour qu'en 1444. Nous la signalons ici par anachronisme, pour mieux caractériser le roi et son époque.

Richemont paraît pensif, et s'avance au premier plan où il s'arrête un instant la main sur son épée.

Ah ! c'en est trop !... Il faut que sa vaillante épée,
Dans le sang des Anglais de nouveau retrempée,
Montre à ce lâche roi la valeur de son bras !
Il faut, — dût-il paraître audacieux et traître,
Qu'à sa France chérie il donne le vrai maître !...

Il sort par la coulisse de gauche.

Et le noble Breton marche, marche à grand pas.

III. — JEANNE D'ARC.

Jeanne paraît et sort de droite. Elle vient à gauche sur le premier plan. Son porte-étendard se place à sa droite. Sa suite reste au fond, à droite.

Et Jeanne, Jeanne d'Arc, — l'âme de la Patrie, —
Quitte Orléans, accourt irritée et meurtrie...
Eh ! quoi ! Richemont traître à la France à son Roi !..
Richemont qu'elle a vu si beau dans la mêlée,

Elle met la main à ses yeux.

Le héros d'Azincourt !.. Son âme est désolée...

Elle saisit son étendard et le presse sur son cœur.

— O ma France ! dit-elle, ô France, soutiens-moi...

Elle remet l'étendard à son écuyer.

Sous le fer des Anglais quand la force succombe,
Faut-il donc que tes fils viennent creuser ta tombe !

Richemont entre à gauche, au fond, il s'arrête et écoute.

Et qu'Arthur Richemont, le plus grand, le plus fier,
Pour se venger, hélas ! d'un prince débonnaire,
Ose porter au sceptre une main téméraire !..

Il s'avance brusquement devant Jeanne et proteste, le bras tendu.

— Non, Jeanne, Richemont n'est pas l'homme de fer,

Que de vils courtisans, ou que Charles lui-même,
Vous ont montré couvert d'un honteux anathème.
Arthur aime la France, et l'aime comme vous ..
Il aime aussi son Roi, son maître légitime.
Et s'il marche aujourd'hui, c'est pour combler l'abîme
Que l'Anglais a creusé... — Seriez vous contre nous ? ..

Jeanne montre sa surprise.

— Quoi ! vous ne venez pas pour combattre la France ?. .

Richemont étend de nouveau la main.

— Je viens, Jeanne, je viens hâter sa délivrance ;
Je viens contre Bedfort, je viens contre l'Anglais.
Je viens pour soutenir les droits de ma Patrie,
Pour mourir, s'il le faut, mais en donnant ma vie,

Il met la main sur son cœur.

Je veux, Jeanne, je veux rester toujours Français !

Jeanne lève les bras vers le ciel.

— Oh ! merci, Monseigneur !... Quelle heureuse journée !
Que je bénis le Ciel de me l'avoir donnée !

Elle s'agenouille pour baiser le genou de Richemont qui la relève.

Je croyais voir un traître.... et je trouve un ami.

Elle saisit son étendard et lève les yeux au ciel.

— Jeanne, acceptez ma main et gardez l'espérance !...

Richemont tire son épée et l'élève..

C'est vous, Jeanne, c'est vous qui sauverez, la France,

En finissant il en touche l'épaule de Jeanne.

Et l'on vous bénira, vierge de Domrémy !. .

9e TABLEAU

Fiançailles d'Anne de Bretagne et de Charles VIII

(1491)

ARGUMENT

Le duc de Bretagne, François II, mourut le 9 septembre 1488, laissant pour unique héritière sa fille Anne de Bretagne, âgée de onze ans. Elevée à l'école du malheur, elle avait, dit d'Argentré, une instruction et une expérience au-dessus de son âge. Elle était belle, séduisante[1], résolue, miséricordieuse et charitable, toute dévouée à ses amis, fière et redoutable à ses ennemis.

Ses yeux étaient d'un noir profond, ses cils bruns, ses cheveux châtain-clair. Sa taille moyenne et bien prise la rendait gracieuse, malgré un pied plus court que l'autre, ce qu'on apercevait, du reste, malaisément. Cette princesse, ajoute Brantôme, si recherchée à cause de ses grands biens, ne le fut pas moins pour ses vertus et ses mérites, car elle était toute charmante.

Son père, en mourant, lui donna pour tuteur le maréchal de Rieux, et pour conseillers les seigneurs de Comminge, de Dunois, et la comtesse de Laval, sa gouvernante.

[1] Voir le charmant portrait d'Anne de Bretagne appartenant au comte de la Grange, reproduit par Leroux de Lincy, *Vie d'Anne de Bretagne*, II p. 248.

A son avènement, la couronne ducale lui était disputée par son oncle Jean II de Rohan, et surtout par Charles VIII, roi de France, comme héritier des droits de la maison de Blois cédés à son père Louis XI au cas où la Bretagne n'aurait pas d'héritier mâle.

Sa main était sollicitée par un fils du roi d'Angleterre, par l'archiduc Maximilien, par le duc d'Orléans, par Jean de Rohan pour son fils, et par le vieux Alain d'Albret, Gascon, veuf et père de huit enfants, « au visage bourgeonné et dont elle n'avait cure. »

Son tuteur, le maréchal de Rieux, appuyait d'Albret ; Lescun agissait pour le duc d'Orléans ; le prince d'Orange son oncle pour le roi des Romains, et c'est à ce dernier qu'elle consentit à se fiancer, ce qui fit éclater les haines des autres prétendants à sa main.

Anne de Beaujeu, sœur aînée du roi de France, et qui gouvernait le royaume, envoya en Bretagne, au printemps de 1488, Louis de la Trémoille, avec 13,000 hommes et une nombreuse artillerie, pour appuyer les prétentions de son frère. Le duc d'Orléans, défendit la cause bretonne ; mais il fut vaincu et pris à Saint-Aubin-du-Cormier (28 juillet 1488). Ce fut là une journée fatale pour la Bretagne qui y perdit ses meilleurs défenseurs.

Au mépris du traité du Verger, les Français reprirent dès le mois de janvier 1489 la guerre contre les Bretons. Anne de Bretagne avait douze ans. Le maréchal de Rieux, pour conserver le pouvoir que lui donnait la tutelle, résolut de la marier au sire d'Albret qu'il se flattait de mener à sa guise, et pour vaincre les répugnances de sa pupille il gagna sa gouvernante la comtesse de Laval. La duchesse, fatiguée de ces obsessions, se sépara de Rieux et alla se placer sous la protection de Dunois et du fidèle chancelier de Bretagne, Philippe de Montauban. Rieux poussa l'audace jusqu'à tenter de s'emparer de sa personne à main armée, mais sautant en croupe derrière Montauban, Anne se mit à la tête de ses troupes et contraignit son tuteur à se réfugier à Nantes. Furieux de son échec, Rieux refusa de lui ouvrir les portes de cette ville ; Anne se retira alors à Rennes, y fit son entrée solennelle le 7 février 1489 et y fut couronnée en grande pompe dans la cathédrale le 10 du même mois. L'accueil enthousiaste des Rennais la décida à fixer sa résidence en leur ville.

L'année suivante (19 décembre 1490) la duchesse épousa par procuration à Rennes Maximilien, roi des Romains. D'Albret en fut furieux, la duchesse l'avait cependant gorgé d'argent et de dignités, et il disposait encore du château de Nantes. Il récompensa la confiance de la duchesse par la plus lâche trahison ; le 20 mars 1491, il livra cette place et la ville de Nantes aux ennemis de la Bretagne, au roi de France. De là celui-ci poussa ses armées sur Rennes qui bientôt fut investie de tous côtés.

Charles VIII, désireux de terminer cette guerre ruineuse et d'ailleurs très sensible aux charmes de la duchesse, lui fit l'offre de sa main et de la couronne de France. Les plus fidèles conseillers de la princesse l'exhortaient vivement à accepter. Mais elle, indignée des maux que le roi par cette guerre avait causés au peuple breton, résistait énergiquement et ne voulait pas le voir, même en peinture.

Le prince, qui était alors aux environs de Rennes (décembre 1491) désirait vivement être admis près d'Anne, espérant, en exprimant devant elle ses sentiments, modifier ceux de la duchesse. Il fit dans ce but un pèlerinage à Notre-Dame de Bonne-Nouvelle; au sortir de cette chapelle il fut introduit, par la porte aux Foulons qui en était très voisine, dans la ville de Rennes. La princesse consentit à le recevoir... Son âme était changée. Bientôt elle l'accepta pour époux; et comme c'était, en un corps chétif, un prince d'un grand cœur, elle eut pour lui toute sa vie la plus vive et la plus tendre affection.

(La Borderie : *La Bretagne aux derniers siècles du moyen-âge* (1893), p. 256 à 267 ; *Conférence sur N.-D. de Bonne-Nouvelle* (10 févr. 1896), p. 52).

ACTE UNIQUE

PERSONNAGES

ANNE DE BRETAGNE. — CHARLES VIII. — LE PRINCE D'ORANGE. — LE CHANCELIER MONTAUBAN. — UN HÉRAUT DE BRETAGNE. — DEUX DEMOISELLES D'HONNEUR. — SUITE DE LA DUCHESSE ET SUITE DU ROI.

La scène se passe à Rennes, dans le palais ducal. — Grande salle du XVe siècle. A gauche au premier plan, le trône de la Duchesse, élevé d'une marche. A droite, en face du trône, un escalier qui descend des appartements supérieurs et dont la rampe en bois s'avance sur la scène. Au fond une grande cheminée XVe siècle et des rampes, des bahuts, des sièges de la même époque, etc.

NOTA. — Le tableau peut être joué par de vrais acteurs qui parleront et chanteront eux-mêmes, sans intermédiaire.

I. — LA DUCHESSE ANNE.

Deux demoiselles d'honneur s'avancent du fond sur le 1er plan à droite et à gauche.
Au fond sont deux porte-bannières.

DUETTINO.

— Allons vite, mesdemoiselles,
C'est aujourd'hui fête au château.
Accourez, quittez vos tourelles,
La Duchesse viendra bientôt...
— Hélas ! on la dit soucieuse,
Le front sombre sous ses atours,
Quand chacun la voudrait heureuse,
Elle pleure toujours.
— Pourquoi cette tristesse,
Alors que tout s'empresse
Pour fêter son bonheur ?...
— Le bonheur d'être reine,
Ah ! c'est bien là sa peine,
C'est bien le tourment de son cœur.
Car son bonheur,
Son seul bonheur,
C'est de donner à ses Bretons tout son cœur.

Anne descend l'escalier, suivie de son oncle et de son Chancelier. Son Héraut la précède.

— La voilà qui descend parée,
Une larme encor dans les yeux.

Elle s'arrête un instant, les yeux au ciel, puis monte et s'assied sur le trône. D'Orange et Montauban sont debout à ses côtés, et ses filles d'honneur s'asseyent sur les marches du trône.
Le Hérant est en face.

De sa cour elle est entourée,
Et son regard s'élève aux cieux.
— Si jeune, à quinze ans, qu'elle est fière !
Quel feu brille dans son œil noir !
Sur son trône elle monte altière...
Oh ! qu'elle est belle à voir !
— Son oncle l'accompagne ;
Tous les grands de Bretagne
L'entourent, pleins d'émoi.
— Au milieu du silence,
On entend le mot : « France ! »

Quelques seigneurs au fond.
Le Héraut frappe de sa hallebarde. Le Roi entre et s'arrête, la toque à la main.
Anne se lève à sa vue.

Un homme apparait : — C'est le Roi !
Oui, c'est le Roi,
C'est bien le Roi,
Courbant le front (*bis*) — « Vive le Roi !

II. — LE ROI.

Anne s'est assise et le Roi s'avance au pied du trône.

— Madame, je viens, moi, Le roi Charles Huitième,
M'incliner devant vous et vous parler moi-même.
Vous avez renvoyé tous mes ambassadeurs...
Dédaignant les pouvoirs que le sceptre nous donne,
Vous avez repoussé l'offre de ma couronne
Et mis votre Bretagne au-dessus des grandeurs...

Anne se lève brusquement et tend la main.

— Oui, sire, la Bretagne est ma chère Patrie !
Qui touche à son vieux sol porte atteinte à ma vie,
Et je dois la défendre, au besoin la venger.
Vous m'avez fait offrir d'être reine de France...

Elle met la main sur son cœur.

J'en garde au fond du cœur de la reconnaissance.

Elle étend le bras et proteste.

Mais livrer ma Bretagne !... il n'y faut pas songer.

Elle abaisse la main et tourne la tête.

Mon pays a souffert, Sire, de votre guerre...
Ne soyez pas surpris d'un reste de colère ;

Elle se rassied encore frémissante.

J'en ai le cœur encor plein de ressentiment ..

Le Roi tend la main à son tour.

— Duchesse, il est un but que j'ai rêvé moi-même :
La France et ce Duché sous un seul diadème ;
Ma couronne de Roi sur votre front charmant ;

Il cesse de tendre la main, puis la porte à son cœur.

L'hermine avec les lys !... Cette guerre odieuse
Qui trouble vos États et vous rend soucieuse,

Anne détourne la tête.

Pour la faire cesser, je vous offre mon cœur...
La Bretagne est à vous, je ne veux pas la prendre ;
Je veux, en vous servant, l'aimer et la défendre,
Vous couvrir toutes deux d'un manteau protecteur.

Le Roi fait un geste circulaire.

Je vois autour de vous rôder la convoitise :
A l'Autriche déjà votre main est promise ;
L'Angleterre, l'Espagne ont des projets sur vous ;
D'Orléans, la Navarre... et bien d'autres encore...

Anne proteste du geste.

— Sire, j'ai refusé !... — Ce refus vous honore !...
Il faut bien, cependant, accepter un époux.

Le prendrez-vous, Madame en dehors de la France ?...
Aux Romains vous semblez donner la préférence...
Eh ! quoi ?... votre Bretagne aux mains d'un étranger ?...
Votre choix peut créer des colères puissantes...
Qui donc vous gardera des haines menaçantes ?
Quel bras, mieux que le mien, saurait vous protéger ?...

Le Roi montre d'Orange et Montauban.

Qu'en pensent vos Bretons ?... Consultez-les, Madame ;
Je vous offre la force en vous donnant mon âme ;
Le présent n'est pas seul ; songez au lendemain...

Anne se tourne à droite, puis à gauche.

— Seigneurs conseillez-moi... Ma raison indécise
A vos sages avis demeurera soumise...

Les seigneurs lèvent la main, et Anne tend la sienne au roi qui la baise. Elle détourne la tête.

— Duchesse Anne, acceptez !... — Sire, voici ma main !...

III. — LIESSE.

Le Roi et la Reine, se donnant la main, s'avancent au devant de la scène. D'Orange et Montauban sont à leurs côtés donnant la main aux demoiselles d'honneur.— Derrière, le Héraut et deux porte-bannières aux armes de France et Bretagne. Plus loin, les autres seigneurs.

CHŒUR DES VASSAUX

Vive Charles, notre Roi
Qui donne aux Bretons sa foi !
Vive notre bonne Duchesse !
Célébrons, en ce beau jour,
Les lys, l'hermine et l'amour !
Chantons, amis, notre allégresse.

CHŒUR DES PAYSANS, dans le lointain.

Oui, chantons, oui, chantons
Les Français et les Bretons.

Les seigneurs lèvent leurs armes. — Au second plan les bannières s'agitent : les vassaux lèvent les mains.

CHOEUR DES NOBLES (Duo des échos).

Bretagne et France,
Nous vous aimons !
Votre alliance,
Nous la fêtons !
Soyez bénies
Dans vos amours ;
Restez unies
Toujours, toujours !...

CHOEUR LOINTAIN DES PAYSANS

Tous les groupes reculent lentement en saluant par une inclination d'ensemble.
La toile tombe.

Oui, chantons, oui, chantons
Les Français et les Bretons.

10e TABLEAU

Prise de Dinan par les royalistes

(1598)

ARGUMENT

La ville de Dinan ne s'était pas spontanément donnée à la Ligue ; elle avait été remise par Henri III au parti catholique, comme place de sûreté, en 1585. Très lassée de la lutte, elle tenta, en 1597, de rentrer sous l'autorité royale, l'entreprise échoua. Le projet fut repris en janvier 1598 par Raoul Marot sieur des Alleux, sénéchal de la ville, Robert Hamon sieur de la Grange, procureur des bourgeois, et François de Saint-Cyr, prieur de Saint-Malo de Dinan. Ce dernier, qui semble avoir été l'âme de la conspiration, se rendit à Paris, vit le roi, et rapporta l'ordre pour la garnison de Saint-Malo de fournir aux Dinanais jusqu'à 1500 hommes de secours.

Mais il fallait avant tout éloigner le gouverneur Saint-Laurent d'Avaugour et la grosse garnison qui occupait la place. Vers la fin de janvier, Saint-Laurent reçut une lettre signée du duc de Mercœur, gouverneur de la Bretagne pour la Ligue, qui lui enjoignait d'amener à Nantes le plus d'hommes possible de sa garnison pour garder les places du pays de Retz menacées par les royalistes du Poitou ; il se mit aussitôt en marche et, après une assez longue pérégrination, se présenta à Nantes devant Mercœur, qui ne l'attendait nullement. La lettre était l'œuvre d'un faussaire. Mercœur eut aussitôt l'intuition que Dinan devait être tombé aux mains des ennemis.

Il ne se trompait pas. Le 12 février au soir, un détachement de 800 hommes de la garnison de Saint-Malo arrivait à Dinan, les uns par terre, les autres par eau, et se cachait aux abords de la ville : 250 hommes dans le cimetière de la paroisse de Saint-Malo, 250 autres un peu plus loin, et 300 à l'Orme-aux-Dinanais (dont on ne connaît pas la situation précise). Malheureusement la pluie n'avait cessé de tomber pendant le trajet, et les Malouins morfondus étaient fort peu disposés à se battre. A l'intérieur de la ville, les conjurés avaient recruté une centaine d'adhérents, et l'un d'eux donna un bal le 12 février, où il invita tous les officiers de la garnison.

Vers minuit, le maître du logis sort sous prétexte d'aller chercher un réveillon qu'il avait fait préparer, ferme à clef la porte de sa maison et court prêter main-forte aux trois chefs du complot, qui avec une troupe de leurs amis cherchaient à s'emparer de la porte de Saint-Malo. N'ayant pu réussir à gagner le chef du corps de garde, les bourgeois le bâillonnent, surprennent les soldats, ouvrent la porte et tirent une fusée d'artifice, signal convenu avec les troupes malouines. A leur grand étonnement, malgré cet appel rien ne vient ; ils sortent pour en connaître la cause et trouvent les 250 soldats transis de froid, qui refusent de marcher. On menace de dénoncer leur présence à la garnison ligueuse de Dinan, ils finissent par s'ébranler. Ils entrent dans la ville avec les conjurés en poussant le cri de : *Vive le Roi !* Ce cri est répété aussitôt dans toute la ville par toute la population.

Une partie des ligueurs se réfugie alors dans les tours de la porte de l'Hôtellerie (ou porte de Brest) ; Raoul Marot les attaque, il est blessé à la main, mais bientôt il les oblige à se rendre. Le reste de la garnison retiré au château semblait disposé à résister. Les bourgeois dressent le lendemain (13 février) une batterie sur la place du Champ et ouvrent le feu ; au second coup, les défenseurs du château demandent à capituler.

Par les lettres accordées aux Dinanais quelques mois après, pour les recevoir en sa grâce, non seulement, le roi confirme et augmente leurs privilèges, mais il déclare qu' « après Dieu » c'est à eux et à la prise de leur ville, par eux si habilement exécutée, qu'est dû le triomphe définitif de la cause royale en Bretagne.

Voir D. Morice, *Hist. de Bretagne*, tome II, p. 473-474, et l'*Histoire de la Ligue en Bretagne* de Rosnivinen de Piré publiée en 1739 par l'abbé Desfontaines, II, p. 308 à 324, spécialement p. 320).

ACTE PREMIER

PERSONNAGES

RAOUL MAROT. — SAINT-CYR. — ROBERT HAMON. — UNE SENTINELLE. — SOLDATS LIGUEURS ET ROYAUX. — PAYSANS ET BOURGEOIS.

La scène représente la rue montueuse du Jerzual à Dinan. A quelque distance du fond, et au milieu est la vieille porte de ville (XIVe siècle) qui se détache sur un ciel sombre. — Effet de nuit.

La toile se lève sur le paysage.

Mercœur a lassé la contrée,
Partout son nom jette l'effroi.
En secret la sénéchaussée
A juré de se rendre au Roi.
Dinan, par une adroite ruse.
Offre un bal à la garnison ;
Et le soldat rit et s'amuse,
Sans soupçonner la trahison.

CHOEUR DES SOLDATS

Minuit sonne. — Un groupe de soldats s'avance lentement sur le devant de la scène.

Silence !... Silence !...
Soldats du Roi, marchez sans bruit
Passez la Rance ;
La nuit s'avance ;
Entendez-vous sonner minuit.
La rue est sombre ;
Tout est dans l'ombre ;
Gravissons le rude chemin...
Dinan sommeille,
Mais quelqu'un veille,
Et nous dormirons mieux demain.

D'autres soldats arrivent et se joignent aux premiers.

Le flot grossit, monte et se presse,
Eteignant le bruit de son pas
Au loin passe un chant d'allégresse.
Les officiers dansent là-bas...

Marot paraît, puis Saint-Cyr avec une lanterne ; Hamon, qui a ouvert la porte, sort à son tour. Ils se rangent au dehors.

Raoul Marot descend la rue ;
Saint-Cyr allume le signal ;
Robert Hamon, la main émue,
Ouvre la porte du Jerzual.

CHOEUR

Les soldats avancent vers la porte.

Alerte !... Alerte !...
Soldats du Roi ne craignez point.
La ville ouverte
Reste déserte
Et son gouverneur est bien loin ;

Une sentinelle paraît.

— Qui vive ?... France !...
— Entrez... Prudence !...
Vers le château dirigez-vous.

La sentinelle est tuée.

La sentinelle
Soudain chancelle...

Les soldats franchissent la porte.

Vive Dieu ! la place est à nous !

ACTE II

Quand le rideau se lève, il fait jour.

Des groupes d'habitants, de Ligueurs et de soldats se serrent la main.

Quelques bourgeois passent affairés.

Dinan s'éveille, et l'airain vibre,
Le beffroi sonne un chant vainqueur :
« Vive le Roi ! La ville est libre !
« A bas la Ligue ! à bas Mercœur ! »
Cette joie est un vrai délire,
Et les Ligueurs, saisis d'émoi,
Ne sont pas les derniers à dire :

Au cri de « Vive le Roi » toutes les mains et les chapeaux se lèvent.

« Vive le Roi ! Vive le Roi ! »

11e TABLEAU

Apothéose

1896.

La scène représente un fond de forêt, et, aux premiers plans, des massifs de verdure. — Sur des gradins sont placés en amphithéâtre tous les héros des tableaux précédents et quelques autres également célèbres, tous rangés dans l'ordre chronologique, et l'ensemble du tableau est éclairé par des feux de bengale à reflets changeants qui durent tout le temps du grand chœur final.

ORDRE DES HÉROS

SAINT MAGLOIRE. — SAINT YVES. — SAINT BRIEUC.
NOMINOÉ.
RICHEMONT. — JEANNE D'ARC. — DU GUESCLIN.
TINTÉNIAC. — BEAUMANOIR. — MONTAUBAN. — DU BOIS.
JEANNE DE MONTFORT.— MONFORT. — JEANNE DE PENTHIÈVRE.
ANNE DE BRETAGNE. — CHARLES VIII.
LE DRUIDE. — CHARLES DE BLOIS sur son tombeau.— VELLÉDA
Autour du groupe les porte-bannières.

GRAND CHŒUR FINAL.

O noble Armorique,
J'aime ton sol antique :
Je baise à deux genoux ta lande et tes granits !
J'aime tes gloires.
Tes héros, tes victoires,
Tes calvaires si beaux et tes autels bénits.

Je hais tous ceux qui te flétrissent ;
Mais j'aime ceux qui te grandissent :
Tous ces preux élevés à l'ombre de tes croix :
Beaumanoir, Du Guesclin, Richemont, les deux Jeanne,
L'infortuné de Blois, Montfort et la reine Anne...
Pour les chanter assez j'épuise en vain ma voix.

O France ! ô ma Patrie!
O Bretagne chérie !
France de Jeanne d'Arc, Bretagne de Merlin !
Bretagne et France,
L'amour et l'espérance,
Pour vaincre, jette un cri : — « Jeanne d'Arc et Guesclin ! »

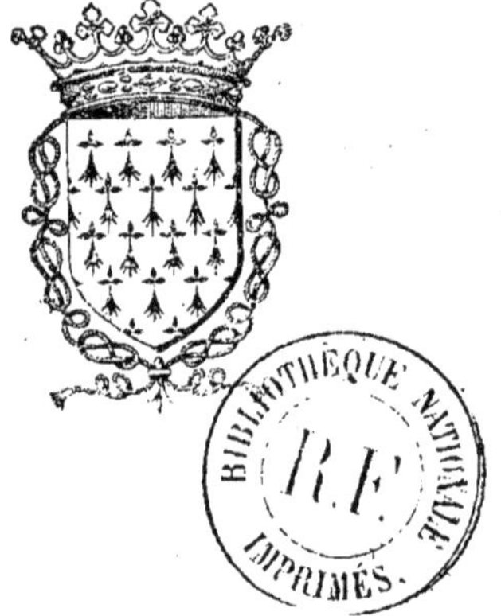

LA BRETAGNE

A TRAVERS LES AGES

PARTITION

DES

SOLOS ET CHŒURS

LA BRETAGNE A TRAVERS LES AGES

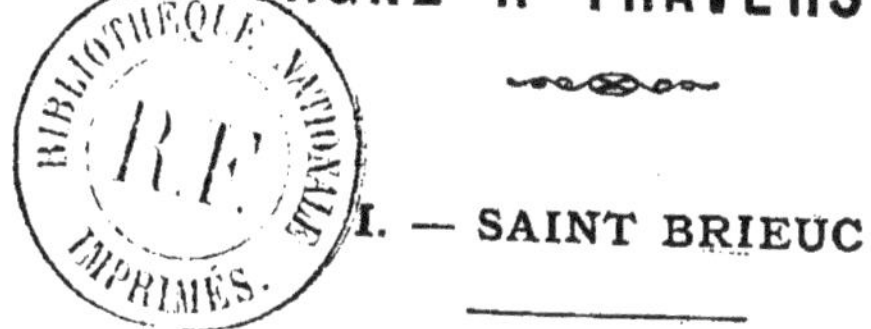

I. — SAINT BRIEUC

Grave et lent.
Solo de SAINT BRIEUC
Por-teurs ar - rê - - tez ! Moines, é - cou - tez Les accords touchants des
Cé - les-tes chants... Tous les séra - phins, En des chœurs di - vins, Cé - lè-brent au ciel l'a -
mour é - ter - nel. É - - cou - - tez!... É - - cou - - tez ! ..
Sopr. ppp. Très doux.
CHŒUR des ANGES
Aux ac-cents des mor - tels, mê - lons le cœur des anges, Pour
Sopr. ppp.
Riforz.
chanter de Jé - - sus les grandeurs et l'a - mour. Doux échos de ces bois, re -
pp.
Tén. f
dites nos lou - anges ; que la terre et le ciel s'u-nissent en ce jour. Qu'en-
Tén.
Sopr.
Ten.
Sopr.
Tén
Sopr.
tends je? O vic - time bé - nie, Jé - - sus, Votre amour est si doux, C'est vous, C'est vous

Tén.
Sopr.
Tén.
de pain de vie. Le pain que nous ado - rons tous. Jé - sus, c'est vous le
pain de vi - - - - e : Le pain di - vin que nous a - - - do - rons tous.
Sopr.
Tutti ppp.
C'est vous le pain de vi - - e ; Le pain que nous a - do-rons tous.
Solennel.
Chœur final
Oh ! quel spec - - ta-cle S'offre à mes yeux ! Et quel mi-
Oh ! quel spec - - ta-cle S'offre à mes yeux ! Et quel mi-
ra-cle Vois-je en ces lieux ! Le Dieu d'a-mour, En ce saint jour, S'élève en
ra-cle Vois-je en ces lieux ! Le Dieu d'a-mour, En ce saint jour, S'élève en

Fin.
croix ; En-tends sa voix. Noble Armo - rique, Voi-ci ton Roi! Doux Vi-a-tique, Je crois en toi.
croix; En-tends sa voix. Noble Armo - rique, Voi-ci ton Roi! Doux Vi-a-tique, Je crois en toi.
2. — NOMINOÉ
Modérato, Solo.
Chantez, bardes de l'Armori-que Redites nous vos lais bre - tons; Réveillez la vieil - le chronique Et l'histoire de nos can - tons. Vainqueur des Francs, libre et sans chaînes, Nomi - no - é sauva l'Ar-vor. De son nom les villes sont pleines... Allons pi - queurs, son-nez du cor.
Plus vite.
Vif. Tutti.
No - mi - no - é, le roi bre - ton Va chasser dans la plai- ne, Cors, sonnez, tontaine et ton ton, Sonnez à perdre ha - - lei - - ne.
Très léger, Soprano.
Et que les échos de no- tre gai vallon S'é-veillent au bois et re - - - disent le son Jusqu'à la mer lointaine, Tonton! La
Tutti.
Rall.
mer armo - ri - - caine, Ton ton, ton - taine et ton ton.

4. — SAINT YVES

4e couplet comme au 1er.

5. — LE FOUGERAY

pp.
Ne vois-tu pas leurs chape-rons? Sous leur charge pe - san - te, Ils rentrent au lo- - gis. Eh !
quoi ? tant d'é - pou - van - te! Tous sont gens du pa - - - ys.
Tutti ff
O hé ! o hé ! o hé ! o hé ! o hé ! o hé ! o hé !
Reprise.
Alerte, Anglais
Au galop ! au galop ! au galop ! au galop! au galop! au galop! au galop !
L'ATTAQUE.
Solo. mf
Sur le pont le-vis qu'on a bais - - se, Les fagots sont jetés en tas,
f
— Manants vous encombrez la her - se ! Arrière ! et n'embarrassez pas!... Inu-ti-le que l'on se
Presto.
ca - - che, Les cha-pe-rons tombent sou-dain ; Et Bertram dit, levant sa ha - - che :
mf
ff
A moi ! No tre Da-me Gues-clin ! I - nu- - ti-le que l'on se ca - - che ! A moi Bre-
ff
Rall.
tons ; Notre Da - me Gues - clin !
RÉCITATIF
Très léger et vif.
La mê - lée est terri-ble et la fureur augmente ; Les An -

glais plus nombreux ont re-dou-blé d'ef – fort. Ber-trand bri-se sa hache en semant l'épou-

RALL. 1° 2°

van-te ; Et le Breton rugit, il n'est pas le plus fort. VARIANTE Nous sommes les vain-queurs !

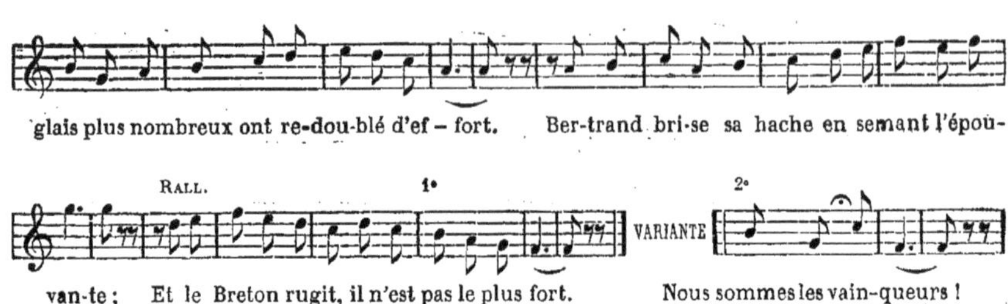

6. — LES TRENTE

SOLO. Risoluto.

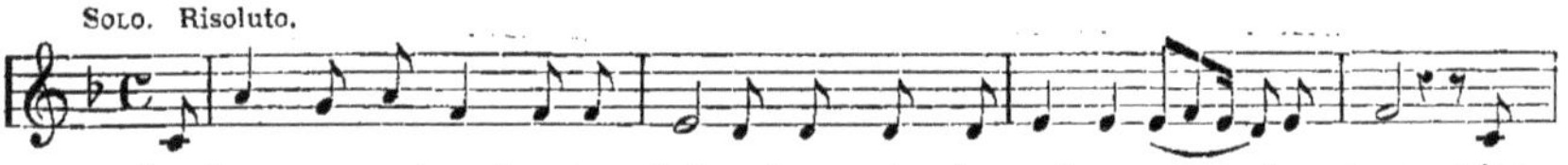

— Bembro, pourquoi ces lourdes chaînes Aux mains de nos hom – mes des champs? Ont-

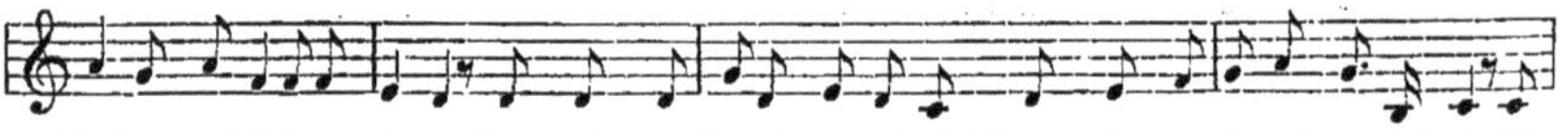

ils donc mérité vos haines, Ceux qui nourrissent vos enfants? Ceux qui nourrissent vos enfants? Ils

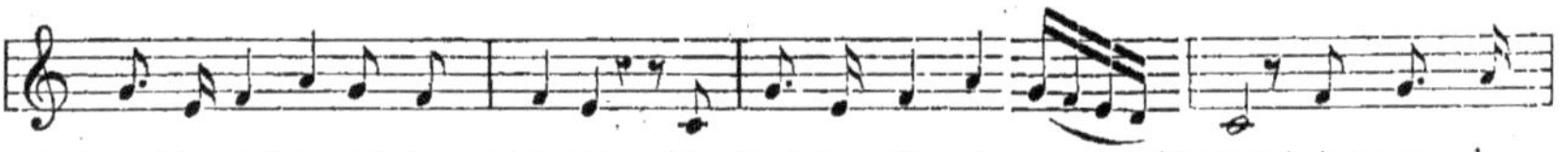

su–bis-sent le sort des guer–res ; Ce sont de vils ma – nants français ! A nous, à

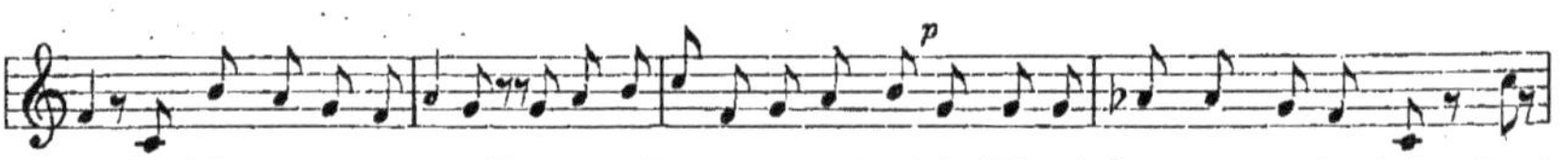

nous, vos châteaux et vos terres! Il faut la Bretagne aux Anglais! Il faut la Bretagne aux Anglais. — Non!

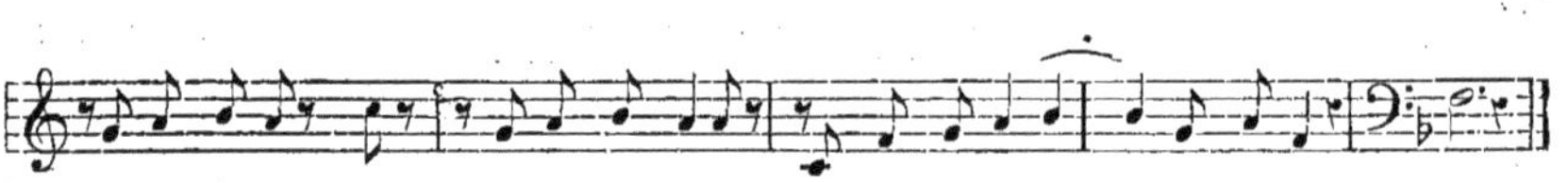

non, non, jamais ! Non ! — A nous vos terres ; — Jamais la Bre-ta-gne aux Anglais ! Non !

SOLO. Dolce.

CHOEUR DES ÉCUYERS

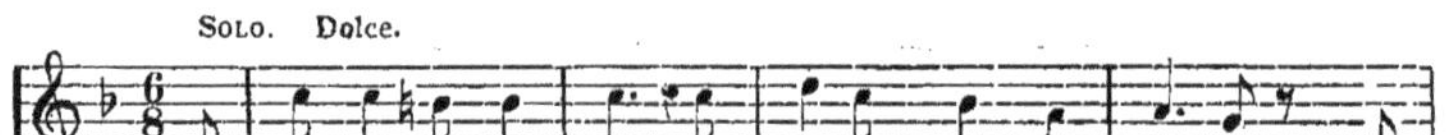

— Là - bas, combien sont - ils, é – – cu-yer, dans la Lan - de ? — Trois

Tutti.
fois dix, Mon-seigneur. — Nous sommes trente aus - si. O Dieu, de no-tre sang Nous
vous faisons l'of-fran - de ! Mais à l'orgueil an - glais, Bre-tons, pas de mer - ci !
Solo. Energique.
LE COMBAT
— Ma lan-ce, Keran - rais, est - elle un roseau vi-de ? — C'est
ton crâne, Bem-bro, qui le se-ra bien - tôt!... Et par-mi les ge - nêts, et sur le sol a-
ri-de, Les corps tom-bent frap-pés par le fer aus-si- tôt ! Saint Kadok, proté -
gez tous ces preux d'Armo-rique, Et vous, Dieu des com-bats, dai-gnez les secourir. Et
Tutti ff
du cœur des Bre-tons sort ce cri hé-ro - - - i - - - - que : « Plutôt mourir ! Plutôt mou - rir ! »
REPRISE DU CHANT :
Com - bien sont - ils en - core, etc.
Solo.
LA VICTOIRE
f f
Quoi ! Guillaume tu fuis?... Oh ! le lâche le
Piu mozzo.
ff
lâche ! Que diront, que di - ront plus tard tes descen - dants. Le là - che ! le

Tremolo. Léger.
là - che! Le lâche! le là - che!........ Tais toi, Beaumanoir, fais ta
Tutti ppp Crescendo ff
tâche. Tais-toi, tais - toi, tais - toi!. Tais-toi, Beaumanoir fais ta tâche.Tais-toi,tais-toi, tais
fff Prestissimo
toi!.. Kent mer wel! Et Montau-ban re-vient à che - val, l'ar-me aux dents
Imitatif ppp Gracioso. Mouv. de valse. Solo
Au ga-lop! Au galop! Au ga-lop! Au galop! Au ga - - lop! O su - bli- me
de la vail-lan-ce Le coursier se cabre et s'é-lan-ce, Foule et renver - se les An - glais.
pp Imitatif
Pampan pan, Pampan pan, Pampan pan, Pampan pan, Quelle au-dace! Oh! no-ble imprudence!
Rall. pp
Le lourd mail-let bri-se la lan-ce, Et les Bre-tons ont en - fin le suc - cès.
Mouv. de valse Gracioso. Tutti.
CHŒUR FINAL.
Plu - tôt, plu - tôt mou-rir!... O ma no-ble Bre-ta-gne, Que ta de-vise est

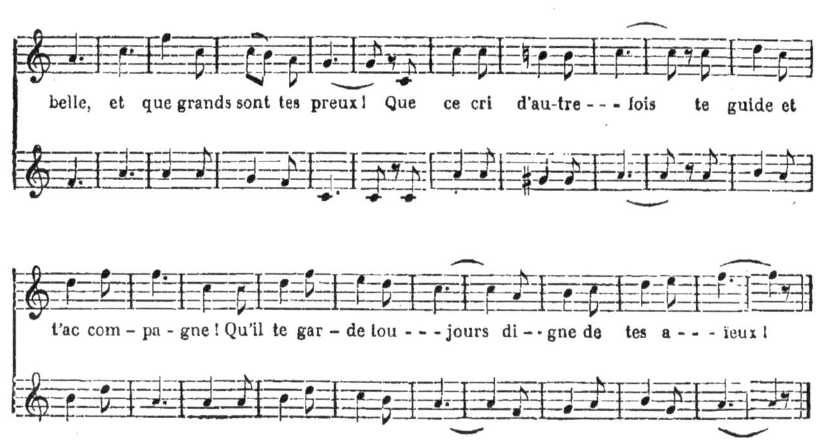
belle, et que grands sont tes preux ! Que ce cri d'au-tre - - - fois te guide et
t'ac com - pa - gne ! Qu'il te gar - de tou - - - jours di - - gne de tes a - - - ïeux !

7. — AURAY

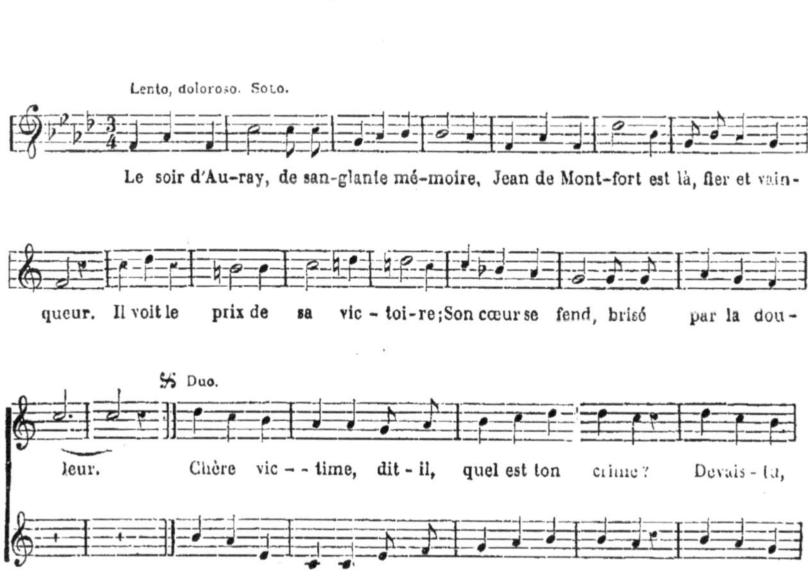
Lento, doloroso. Solo.
Le soir d'Au-ray, de san-glante mé-moire, Jean de Mont-fort est là, fier et vain-
queur. Il voit le prix de sa vic - toi-re ; Son cœur se fend, brisé par la dou-
leur.
Duo.
Chère vic - - time, dit - il, quel est ton crime ? Devais - tu,
Chère vic - - time : hélas ! quel est ton crime ? Devais - tu

9. — ANNE DE BRETAGNE

la dit sou - ci-- euse, Le front som-bre sous ses atours; Quand chacun la voudrait heu-
Doloroso.
reu-se, El - le pleu - re tou - - jours.
Duo.
Pour - - quoi cet-te tris - - tes se, A-
cet - - - te tris-tesse
lors que tout s'em - presse Pour fêter, pour fê - ter son bon-heur? — Le bonheur d'être
que tout s'empresse Pour fêter pour fê - ter son bon - heur. Oui
rei-ne, Ah ! c'est bien là sa pei-ne, C'est bien, c'est bien le tour - ment de son cœur.
rei - ne, Ah ! c'est bien là, c'est bien, c'est bien le tour - ment de son cœur.
Rall.
Vif.
ff
Car son bon heur, son seul bon-heur, C'est de don-ner à ses Bre-tons tout son cœur.
Car son bon-heur, son seul bon-heur, C'est de don-ner à ses Bre-tons tout son cœur.
TUTTI GAI.
LIESSE
Vi-ve Char-les notre roi, Qui donne aux Bretons sa - foi ! Vi-

ve no-tre bon - - ne Du - - ches - - - se ! Cé - lé - brons, en ce beau jour, Les lys,
TUTTI. ff
l'hermine et l'a-mour ! Chan-tons, a - mis, notre allé - gres - se, Oui chan-tons,
PPP. Echos.
oui chantons, Les Français et les Bretons, Oui chantons, les Français et les Bretons !
ff
FIN.
Oui chantons, oui chantons, Les Français et les Bretons.
PPP. Echos.
SOPRANOS et TÉNORS.
CHŒUR MÊLÉ
Nous vous ai-mons, nous vous ai - mons.
BASSES. mf
mf
Bretagne et Fran - - - ce, No - ble al-li-an-
Nous vous fê - tons, nous vous fê - tons ! Dans vos a - mours, Dans vos a-
ce, So yez bé - ni - - - - es
mours ! Toujours, tou - jours, toujours, tou - jours !
Res - - tez u - ni - - es. Toujours, tou - - jours.

10. — DINAN

Moderato. Solo.
Musique de l'Auteur.
Mer - cœur a lassé la con - - tré-e ; Partout son nom jet-te l'ef - froi. En se-
cret, la Sé-né-chaus - sé- e A ju-ré de se rendre au Roi. Dinan, par une a-droi-te
ruse, Offre un bal à la garni - son ; Et le sol - dat rit et s'a - muse, Sans soupçon-
ner la trahi - son.
Soprano. PPP.
Si - len - ce !... Si - len - ce !... Sol-dats du Roi, Marchez sans
Alto. PPP.
CHŒUR.
Si - len - ce !... Si - len - ce !... Sol-dats du Roi, Marchez sans
bruit Passez la Ran - ce ; L'heure s'a - van - ce ; En-ten-dez-vous sonner mi-nuit. La
bruit. Passez la Ran - ce ; L'heure s'a - van - ce ; En-ten-dez-vous sonnez mi - nuit. La
rue est sombre ; Tout est dans l'ombre ; Gra - vissons le ru-de che - min... Di-
rue est sombre ; Tout est dans l'ombre ; Gra - vissons le ru-de che - min... Di-

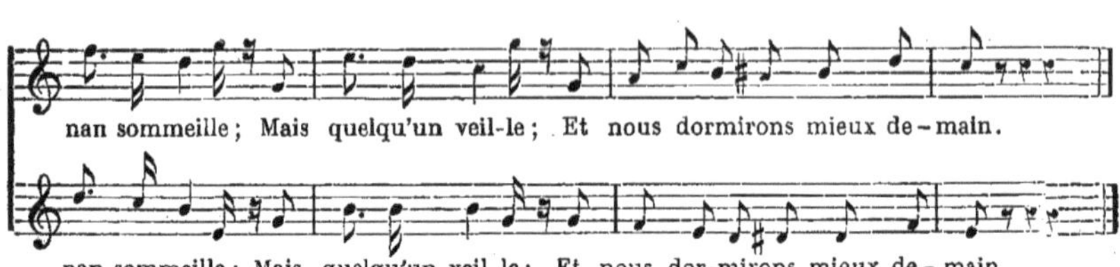

LA BRETAGNE A TRAVERS LES AGES

APOTHÉOSE DES HÉROS BRETONS

ODE SYMPHONIQUE A 4 VOIX

N° 1. — Andantino maestoso. *Musique de P. Thielemans.*

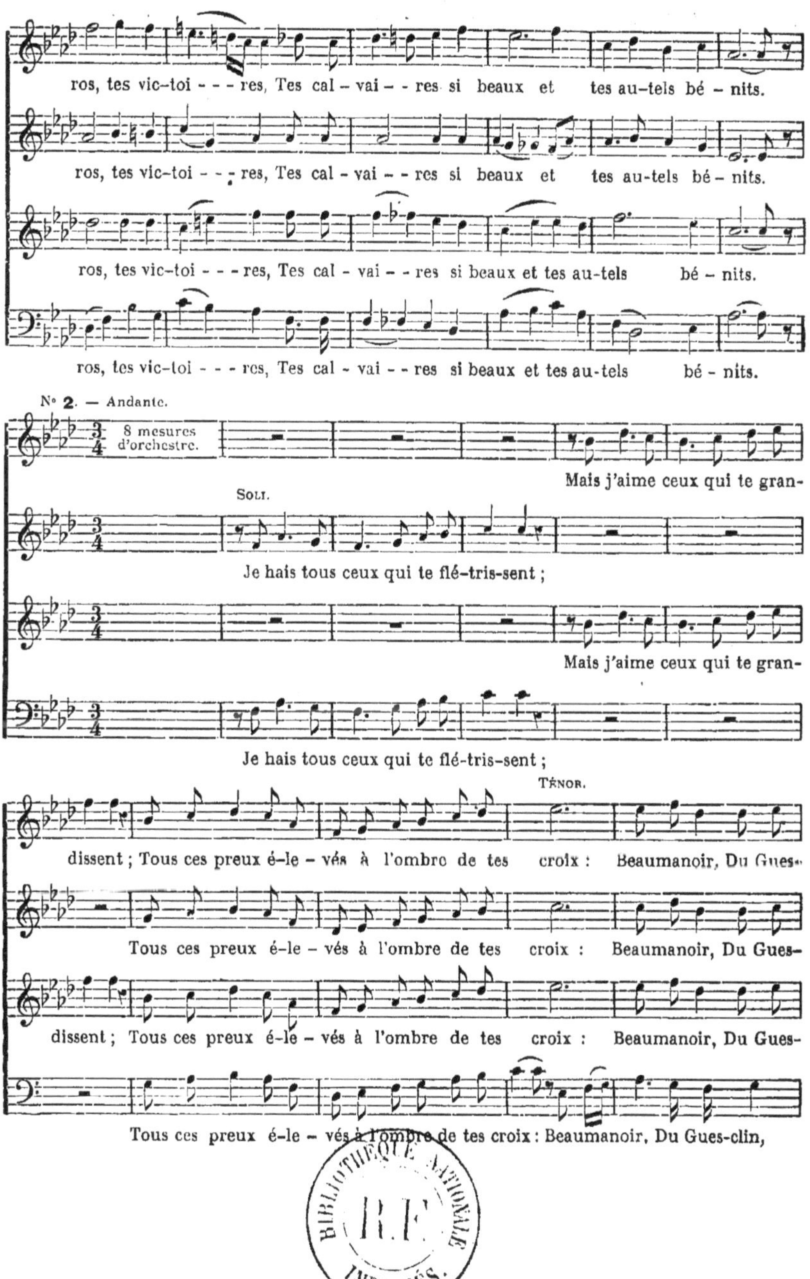
ros, tes vic-toi - - - res, Tes cal - vai - - res si beaux et tes au-tels bé - nits.
ros, tes vic-toi - - - res, Tes cal - vai - - res si beaux et tes au-tels bé - nits.
ros, tes vic-toi - - - res, Tes cal - vai - - res si beaux et tes au-tels bé - nits.
ros, tes vic-toi - - - res, Tes cal - vai - - res si beaux et tes au-tels bé - nits.
N° 2. — Andante.
8 mesures d'orchestre.
Mais j'aime ceux qui te gran-
Soli.
Je hais tous ceux qui te flé-tris-sent ;
Mais j'aime ceux qui te gran-
Je hais tous ceux qui te flé-tris-sent ;
Ténor.
dissent ; Tous ces preux é-le - vés à l'ombre de tes croix : Beaumanoir, Du Gues-
Tous ces preux é-le - vés à l'ombre de tes croix : Beaumanoir, Du Gues-
dissent ; Tous ces preux é-le - vés à l'ombre de tes croix : Beaumanoir, Du Gues-
Tous ces preux é-le - vés à l'ombre de tes croix : Beaumanoir, Du Gues-clin,

clin, Richemont, les deux Jeanne, L'infortuné de Blois, Montfort et la reine
clin, Richemont, les deux Jean-ne, L'infortuné de Blois, Montfort et la reine
clin, Richemont, les deux Jeanne, L'infor-tu-né de Blois, Montfort et la reine
Richemont, les deux Jeanne, L'infor-tu-né de Blois, Montfort et la reine
An-ne Pour les chanter as-sez, j'é-puise en vain ma voix. Pour les chan-
An-ne Pour les chanter as-sez, j'é-puise en vain ma voix. Pour les chan-
An-ne Pour les chanter as-sez, j'é-puise en vain ma voix. Pour les chan-
An-ne Pour les chanter as-sez, j'é-puise en vain ma voix. Rour les chanter, j'épuise en vain ma voix. J'é-puise en vain ma voix.
4 mesures d'orchestre.
ter, j'épuise en vain ma voix. J'é-puise en vain ma voix.
ter, j'épuise en vain ma voix. J'é-puise en vain ma voix.
ter, j'épuise en vain ma voix. J'é-puise en vain ma voix.

Nº 3. — Moderato.
4 mesures d'orchestre.
O France, ô ma pa-tri-e, O Bre-ta-gne ché-ri-e,
O France, ô ma pa--tri-e, O Bre-ta-gne ché-ri-e,
O France, ô ma pa-tri-e, O Bre-ta-gne ché-ri-e,
O France, ô ma pa-tri--e, O Bre-ta-gne ché-ri-e,
France de Jeanne d'Arc, Bre-ta-gne de Mer-lin, Bre-tagne et Fran-ce, L'a-
France de Jeanne d'Arc, Bre-ta-gne de Mer-lin, Bre-tagne et Fran-ce, L'a-
France de Jeanne d'Arc, Bre-ta-gne de Mer-lin, Bre-tagne et Fran-ce, L'a-
France de Jeanne d'Arc, Bre-ta-gne, de Mer-lin, Bre-tagne et Fran-ce, L'a-
mour et l'es-pé-rance. Pour vain--cre, jet-te le cri : Jeanne et
mour et l'es-pé-ran-ce. Pour vain--cre, jet-te le cri : Jeanne et
mour et l'es-pé-ran-ce. Pour vain--cre, jet-te le cri : Jeanne
mour et l'es-pé--ran-ce. Pour vain--cre, jet-te le cri : Jeanne

d'Arc et Du Gues - clin, Jean - ne d'Arc et Du Gues - clin.
d'Arc et Du Gues - clin, Jean - ne d'Arc et Du Gues - clin.
d'Arc et Du Gues - clin, Jean - ne d'Arc et Du Gues - clin.
d'Arc et Du Gues - clin, Jean - ne d'Arc et Du Gues - clin.

www.ingramcontent.com/pod-product-compliance
Ingram Content Group UK Ltd.
Pitfield, Milton Keynes, MK11 3LW, UK
UKHW012054240726
13965UKWH00003B/1273

9 782013 047814